WILLIAM GOLDING

教堂尖塔

The Spire

〔英〕威廉·戈尔丁 著
周欣 译

上海译文出版社

THE SPIRE

第一章

他笑着，仰起下巴，摇着头。一柱阳光穿过彩色玻璃将斑驳的圣父之像投射到他的脸上。这柱阳光带着赞美随着他移动，领会着、赞美着亚伯拉罕[1]、以撒[2]，然后又是圣父。眼眶里笑出的泪水映出了轮辐、车轮和彩虹。

他下巴仰起，双手捧着面前的尖塔模型，半闭着眼，充满喜悦——

“我等了半辈子，就等着这一天！”

在他的对面，在支架台上大教堂模型的另一边，站着主教管区秘书室的教士。阴影中他那张脸年迈而又苍白。

“我不知道，教长大人。我不知道。”

他费力地看着对面尖塔的模型，乔斯林将模型紧紧地捂在手中。他的声音像蝙蝠叫一样尖细，模模糊糊地逸入又宽又高的修士礼堂上空。

“想一想这一小块木头——它有多长？”

“十八英寸，教士大人。”

“十八英寸，是的。那么，它不就是象征着一座木材、石材和金属结构的建筑，有——”

“四百英尺高。”

秘书室教士走出教堂，来到阳光下。他手放在胸前，费力地看着四周，然后抬头看着屋顶。乔斯林侧目看着他，充满喜爱。

“是地基吧？我知道。主会赐给我们的。”

秘书室教士想起了他一直在寻找的——一个记忆。

“啊，是的。”

接着，他以年岁高的人的那种忙碌方式，轻手轻脚地走上过道，走到门边，出去了。他留下一句话，留在身后的空气中。

“去做晨祷，当然是的。”

乔斯林一动不动地站着，朝他身后射去爱的一箭。这就是我的地方，我的教堂，我的人。他接下去就会从法衣室走出来，走在念行进祷文的队列后面，像往常一样左转弯；接着他会想起来，又会转身向右去圣母堂！乔斯林又笑了起来，仰起下巴，充满圣洁的欢乐。我了解他们所有的人，了解他们在做什么，将要去做什么，做过什么。我走过了这些年，这地方就像衣服穿在我身上似的。

他止住笑，擦了擦眼睛，拿起白色的尖塔，紧紧地压进大教堂旧模型里凿开的方形孔中。

“好了！”

模型像一个仰面躺着的人。中殿是并拢的双腿，两边的耳堂是摊开的双臂，高坛是躯干，就要进行弥撒仪式的圣母堂是他的头。还有，在大教堂的中心将要长出、突起、冒出、迸发而出的，是教堂的王冠和权威——新的尖塔。他们不懂，他想，只有当我将自己的幻象告诉了他们，他们才会懂得。他又高兴地笑了起来，走出修士礼堂，走到回廊中心洒满阳光的地坪里。我还必须牢记：尖塔并非一切！我还必须尽可能地继续我一向所做的。

他沿着回廊走着，撩起一道道门帘，最后来到了教堂西区的侧门边。他小心翼翼地拉起门闩，以免弄出声音。他低着头走进门，心中像往常一样默念着：“永久的门户，你们要被举起！”不过，他一

① 《圣经》中人物，相传为希伯来人之始祖。
② 亚伯拉罕一百岁时，妻子撒拉受上帝恩赐所生之子。

走进门，就意识到这种小心是多余的，因为主教座堂内已经是一片闹声。晨祷减少了，声音也很小，似乎一只手就可以抓住，然而，这声音还是从教堂另一端的圣母堂，从木架的帆布屏风后面传了过来。近处的闹声表明工人们在挖土石，虽然是回音混杂、彼此交织。工人们聊着天、下着号令、有时大声吆喝，拖着木料走过铺着的路面，运来材料卸下，把它们重重地扔到位。室内的回音效果使这闹声此起彼伏、连成一片，与唱诗的尖声融为一体，无尽地唱着统一的调子。假如不是这样，它就会像集市上的闹声那样嘈杂一片了。闹声是如此新奇，使得他匆匆走到高大的西边门阴影下的教堂中轴线上，朝着那看不见的大圣坛跪了下来。接着又站了起来，看着。

他眨了一会儿眼。以前这里也有阳光，但不是这个样子。中殿里看上去最实在的东西，既不是在高坛阶梯旁将中殿一分为二的木架帆布屏障，也不是中殿的两个拱廊，也不是两座小祭堂之间油漆过的墓碑。最实在的是光。它透过南侧廊的一排排窗户，照得这一排排窗户色彩斑斓。阳光斜照在他面前，从右到左均匀地投下，投射到中殿北面的石柱底座上。弥漫着的尘埃使这一道道、一束束的阳光具有了某一维度的重要性。他又眨了眨眼，看着它们，看到近旁的尘埃颗粒有的上下翻滚、有的碰在一起，就像微风吹动时的蜉蝣似的。他看到它们朦朦胧胧地向远处飘去，蜿蜒，又停顿；最后，飘到最远处的一道道、一束束光里成为了一种色彩，一种斜着照过教堂的金黄色。在南耳堂，阳光透过一百五十英尺高的彩色玻璃，照在十字中心。金黄的色彩更浓了，形成了一道垂直的光柱，就像在地面使用撬棒工作的工人们身旁亚伯①的石柱雕像一般直。

他摇了摇头，面对这实实在在的阳光既悲戚又吃惊。如果不是

① 《圣经》中亚当和夏娃的次子，被其兄该隐所杀。

亚伯的石柱雕像，他想，我也许会将光这一重要层面看成是一个真正的维度，并因此相信我的石头船就停泊在她的身旁。他笑了笑。心灵按照自然法则去感受一切，却又像孩童一般轻易地欺骗了自己。此刻旁边祭坛上烛光已经熄灭，面对着中殿另一端的木架帆布屏障，我几乎要把这教堂看作是某座异教徒的寺庙了；那两个在阳光下尘埃里手持撬棍、居中而立的人（他们撬起石板，又放下，弄出的闹声回音就像采石场里的闹声一般。）就像某个稀奇古怪的教派的神父一般——上帝饶恕我。

一百五十年来，我们在这里编织了备受赞誉的图案。所有的一切不但应该和过去一样；而且会更好、更丰富。最后，拜神的模式完美了。我该去祈祷了。

接着，他又意识到他还不准备去祈祷，即使在这大喜的日子里也一样。纯粹的喜悦使他放声大笑。他清楚自己为什么没有去，就像过去一样清楚日常的模式；他清楚是谁在狩猎、谁在讲道、谁代表谁；他知道石头船是坚固的，船员是坚定的。

知道了这一切，似乎也暗示着要进入插曲了。他听到西北角门闩抬起的声音，一扇门吱嘎一声开了。我会看到，就像我每天看到的一样，我的圣女。

千真万确，似乎想起了她，她就呼之即出。她快步走出了门，他站着，像往常那样，等待着为她祝福。可是潘格尔的妻子转过左边去了，一只手抬起遮挡灰尘。他只看到了一眼那长长的、可爱的脸，她就走上了北侧廊，却没有照直走过来。他只好在她的身后默默祝福。他看着她从北侧廊没有点蜡烛的祭坛旁边走过，又爱又多少有点儿失望；他看见她放下兜帽，露出白色的头巾；灰色的风衣向后飘时，瞥见了里面绿色的衣服。她是个十足的女人，他想，爱她；这种愚蠢的、孩子般的好奇心流露了出来。不过，那是潘格尔和安塞尔姆神父的事。她似乎意识到自己干了件蠢事。他看到她快步绕过那个坑,一只手挡着灰尘,穿过中殿,“砰”的一声关上了潘格尔王国的门。他严肃地点了点头。

“我想,毕竟,这对我们是很重要的。”

门“砰”的一声关上之后,几乎是一片寂静。接着,寂静中传来一个轻微的声音,啪嗒,啪嗒,啪嗒。他转向左边,看见哑巴系着皮围裙,坐在北边拱廊的底座上,膝间放着那块石头。

啪嗒,啪嗒,啪嗒。

“我想是他让你选择了我吧,吉尔伯特,我经常是一动不动站着的!”

哑巴赶紧站了起来。乔斯林对着他笑了笑。

“在所有与这件事相关的人中间,我好像是做得最少的,你说是吗?”

哑巴像狗一样微笑着,嘴里发出嗯嗯的声音。乔斯林也喜悦地笑了,点着头,好像他们分享着一个秘密似的。

“问一问十字中心那儿的四根柱子,他们是不是什么也不干!”

哑巴笑了,也对着他点了点头。

“我很快就要去祈祷了,你可以跟我去,静静地坐着干活。带上一块布,不要让石头屑和尘埃掉到地上,否则潘格尔会把你像一片树叶似的从圣母堂扫出去。我们可不能惹潘格尔。”

接着,又是一个声音。他忘了哑巴,仔细听着,头转向一边。不,他暗自思量:他们不可能已经完成,这不是真的!他匆匆忙忙走到南侧廊。在那儿目光可以越过教堂,斜看到北耳堂。他站在佩夫雷尔小祭堂旁边的角落,欣喜地低低诉说。这喜悦太深沉了,在户外表达不出来。

“这是真的了,经过这么多年来的努力与奋斗!多么伟大啊!”

他们正在做着令人难以置信的工作。我从那儿经过已经多年了，他想着。里与外，是明显分开的；就像昨天和今天是永恒地、不可避免地区分开一样。内面是平滑的石块，排成图案，勾着油漆，外面却很粗糙，长满地衣。昨天，也许是念一遍《圣母经》的时间，它们相距四分之一英里。然而，现在风却从那儿吹了过来。那分开的两面相触了。像透过一个观察孔那样，我可以直接从这儿看过教堂围地，看到秘书室教士屋子的一角，伊沃可能在那儿。

要有勇气。多么伟大。这是决定性的开端。在十字中心挖一个坑，像是为某个名人挖坟墓似的，是一回事。但这却是另一回事。现在，我对教堂的躯体下手了。像个外科医生，我把刀切进了被罂粟毒害的腹部。

他的脑海里幻想着毒品的作用，觉得微弱的晨祷声就像是一个被麻醉的身躯那缓慢的呼吸声，那身躯直挺挺地仰面躺着。

在祭堂的另一边，有年轻人说话的声音。

"不管怎么说，他就是很傲慢。"

"也很无知。"

"你知道吗？他把自己看成是圣人！像他那样的人！"

但是，当两个助祭看到教长赫然直立在他们面前时，慌忙跪了下来。

他低下头看，喜悦中对他们充满着爱。

"好了，好了，孩子们！谈些什么？坏话？丑闻？还是诋毁？"

他们低着头，一声不吭。

"这可怜的人是谁？你们倒是该为他祈祷的。好啦。"

他抓起两绺鬈发，轻轻地拉了拉，先托起一张苍白的脸，接着又是另一张。

"这件事，去秘书室教士那儿做个补赎。要好好理解这个补赎，亲爱的孩子们。这对你们是极大的欢乐。”

他转过身走到南侧廊,又碰到了一件事。潘格尔正站在木架帆布屏障中的一扇临时开的门旁边,门从南边走道通向十字中心。潘格尔看到乔斯林,就让手下的清道工走开,一瘸一拐地走了过来,左脚微微拖地,扫帚横拿在手上。

“神父,”

“现在不行,潘格尔。”

“求你了!”

乔斯林摇了摇头,打算绕过去;可那人却伸出一只粗糙的手,好像他居然要碰教长的黑袍似的。乔斯林停了下来,低头看着他,急速地说:

“好吧,你想要什么?像以往一样吗?”

“他们……”

“他们跟你没关系。弄明白,别再缠了。”

但潘格尔并没有让步,芦草般浓密的黑发下边双眼朝上看着。他那褐色的束腰外衣上、系着交叉袜带的双腿上、旧鞋子上,都沾着灰尘。他那张愤怒的脸上也沾上了灰尘。他声音嘶哑,带着尘埃和怒火。

“前天,他们杀了一个人。”

“我知道。听着,我的孩子——”

潘格尔严肃地、不容置疑地摇着头,乔斯林不吭声了。他张着嘴,朝下看。潘格尔将扫帚柄顶在地上,支撑着身体的重量。他看看周围的地面,然后抬头看着教长的脸。

“总有一天,他们会杀了我的。”

好一会儿,他们两人都一声不吭。周围是工地上的噪音回响所形成的歌唱声。在他们之间,灰尘在阳光中飞舞。突然,乔斯林想起了他的喜悦。他双手搭在那人皮革般的肩膀上,紧紧抓着。

“他们不会杀你,没有人会杀你。”

“可他们会把我赶走。”

“你不会受伤害的,我保证。”

潘格尔暴怒地捏紧扫帚,双脚支撑着身体的重量,扭歪着嘴。

“神父,你为什么要这样干?”

乔斯林屈从地放下双手,十指交错,握在胸前。

“你和我一样清楚,我的孩子。这样,这座教堂将会更加辉煌。”

潘格尔呲着牙。

“通过毁掉这教堂吗?”

“闭嘴,趁你还没有说过头。”

潘格尔反驳了,好像是在攻击。

“你晚上在这儿住过吗,神父?”

和声细语,就像对小孩似的。

“住过许多夜晚。你和我一样清楚,我的孩子。”

“下雪天,雪压在铅皮屋顶的时候;树叶堵塞水沟的时候——”

“潘格尔!”

“我的高祖父曾帮助建造这屋子。天热时,他像我现在一样,沿着屋顶走到拱顶那儿。为什么?”

“小声点,潘格尔,小声点!”

“为什么? 为什么?”

“那就对我说吧。”

“他发现一段椽木在冒烟。还好他精明,带了一把斧子。要是他去取水,等不到他回来整个屋顶就都会起火,铅皮会化掉,就像水流一样。他劈掉了冒烟的那一段。那留下的洞可以藏进一、一个小孩。他抱着冒烟的焦炭跑出来，双臂像烤肉似的。你知道这事吗？”

“不知道。”

“可是我知道，我们知道。所有这一切——”他用扫帚戳了一下布满灰尘的线脚[1]——“所有这一切拆呀挖呀的——我带你到屋顶上看看去。”

“我还有其它事情要干，你也是。”

“我必须和你谈——”

“你认为你在干什么？”

潘格尔退了一步。他看着石柱，看着那高高的、闪闪发光的窗户，好像它们能告诉他该说些什么似的。

“神父，在屋顶、在西南角塔楼楼梯口的门边有一把扁斧，磨快了，涂了油，套了护罩，随时可用。”

“干得好，很明智。”

潘格尔空着的手做了个手势。

“没什么，我们就是干这些的。我们扫过地，擦洗过教堂，给教堂抹过灰泥，裁过石板，有时还裁过玻璃，我们毫无怨言——”

“你们都是教堂的忠实仆人，我自己也在努力做到这一点。”

“我父亲，我父亲的父亲都是。我是最后一个，更应该如此。”

“她是一个好女人，好妻子，我的孩子。不要放弃希望，要耐心。”

“他们把我的整个生活搅得一塌糊涂。还有，还不止这些——走，看看我的小屋子去。”

“我看过了。”

“最近几个星期没有。走，快！”——他瘸着腿，匆匆走着，招着

① 石柱底部的一种建筑装饰。

手,另一只手拖着扫帚。潘格尔带路走进南耳堂。“这就是我们的家,我们往后还会怎么样？看看那儿。”

他指了指小门外回廊和南侧廊之间的院子。乔斯林只有低下戴着无檐便帽的头才能进门。他站在门里,潘格尔站着,到他左肩下边。看到他们干的活,他惊讶得张口结舌。院子里到处是一堆又一堆裁好的石块,一直堆到扶垛之间的窗户那样高。石块之间塞满了梁木。中间只留下狭窄的通道。在入口处左边,靠南边墙放了一个工作台,台面上盖了茅草,茅草下面堆满了玻璃和铅条,两个营造商手下的工人在工作着,叮当,咔嚓,咔嚓。

“看到了吧,神父？我几乎找不到家门了！”

乔斯林跟在他后面,在料堆中侧着身子走着。

“这就是他们留给我的。还要熬多久,神父？”

小屋前留了一点空间,不过是祭坛一般大小,尽头处的墙上布满烂泥。乔斯林好奇地看着这小屋,因为他以前从来没有靠得这么近。早些时候来巡查时,礼貌地从门外看看院子就行了。不管是不是教堂的财产,这院子、这小屋说到底就是潘格尔的王国。每一天小屋的影子都投在东南面的窗户上,就像违反建筑设计而建的一座纪念碑。现在,小屋实实在在地呈现在眼前。又是里外不分。小屋在院子的一角,靠着教堂的墙,就像一幢古屋檐下多出来的什么似的。一代又一代的燕子和麻雀在这儿留下了它们的印记和巢穴的根基。这是一间偷偷摸摸的、神秘的,但又是明目张胆的小屋,未经许可就盖了,人们容忍它,大家心照不宣。因为住在那儿的一家人是不可或缺的。它遮住了一道扶壁,还有一扇窗子的一部分。墙的一些地方是用灰色的教堂用石砌的,几乎和教堂墙壁的石块一样古旧。有一块滴水石很反常,下边并没有窗户。有些部分是古老的桁条泥笆墙。有些薄如脆饼的砖也许比小屋、比教堂还要古老,是在某个冰冷的港口找来的战利品，罗马人在一千年间从没有发现这些。屋顶有一小块地方奢侈地包着铅皮，另一块是石板砌的，和唱诗班的厨房顶上的石块毫无二致。还有茅草屋顶，不过已经腐烂，只剩下一片斑驳败落、杂草丛生的波浪状。一扇屋顶窗是特意设计的，好装上一扇长方形的，有点像彩色玻璃的东西，一点不差。另外一扇窗子小一些，装的是动物角制成的薄膜。不到一百五十年的时间，这一点一滴的建筑就使小屋显得既古旧，又疲惫。整间小屋就像茅草屋顶似的耷拉着，好像规格不一的各种建材突然倒在一起，一副要长眠的架势。

乔斯林看着小屋，又侧目看了看屋子周围堆得满满的建材，它们傲慢地对峙着。

“我明白了。”

他正要往下说，屋内一个声音甜美地唱了起来。古迪走了出来，看见他，就不唱了。她侧着脸笑了笑，把一个木桶里的东西倒在南墙墙脚下，走了进去。他听见她又唱了起来。

“听着，潘格尔，你话都说了。虽然我们地位不同，你和我，我们都是老朋友了。现实一点吧。他们要建尖塔，就是这样。告诉我问题真正出在哪里？”

潘格尔迅速扭过头看着那些吹着口哨、割着玻璃的工人，乔斯林俯下身子。

“是因为你的太太吗？他们干活离她太近了，是吗？”

“不是那么回事。”

乔斯林想了想，满有把握地向他点了点头，轻声说话。

“他们是不是像有些人对待妓女那样对待她？比如在她后面喊叫，说下流话？”

“不是。”

"那究竟是什么?"

愤怒从潘格尔的脸上消失了,现在是一种带着困惑的乞求。

"归根结底是这么回事:为什么是我?没有其他人吗?他们为什么要把我当傻瓜耍?"

"我们要耐心。"

"一直是这样。我每做一件事,他们就要奚落、嘲笑,要是我看看身后——"

"你脸皮太薄了,伙计,你要容忍。"

潘格尔脸上毫无表情。

"要容忍多久?"

"他们让我们所有人都头疼,我承认这一点,不过要两年。"

潘格尔闭上眼睛,痛苦地哼哼着。

"两年!"

乔斯林拍了拍他的肩膀。

"想想看,我的孩子。石块一点一点往上砌,还有木料。他们不会一直在你面前割玻璃的。最后,尖塔建成了,我们的教堂就更了不起了。"

"我不会看见的,神父。"

"为什么?究竟——"

他意识到自己突然失控,便打住了。然而,当他和潘格尔目光对视的时候,恼怒突然又袭了过来。他看清了潘格尔脑子里想的,非常清楚,好像它们是写在那儿似的:因为没有地基,等不到他们在顶上装十字架,乔斯林的怪物尖塔就会倒下来。

他咬紧牙关。

"你像其他所有的人一样,却不像那持斧的老人。你一点信心也没有。"

潘格尔此刻却看着下边。他在乔斯林的身影旁轻手轻脚地走着，他那布满灰尘的浓发，呈褐色、粪便色，还有灰尘，比乔斯林的脸部矮了六英寸，他向里靠，靠近法衣。恼怒之中，乔斯林听到一声嘶哑的、发自内心深处的抱怨。

“我怎么受得了？我一不留神，他们就打击我。在人面前，在我妻子面前，我羞愧难当；这种羞愧每一天、每一个小时，越积越多——”

乔斯林的脚背上“啪”的一声响。他低头看，看见一颗星形水珠掉在了鞋面上，水向外延伸，小水珠在上了鞋油的鞋面上滚落下来，滚到院里的泥泞之中。他不耐烦地嘘了口气，看着四周，想要说点什么。可是照在石材上的阳光引得他往上看，看着十字中心空荡荡的上方。在那里，粗矮的塔上的雉堞式装饰墙正等待着营造商和工人们去对付。他想起工人们已经敲掉十字中心之下的地面，恼怒就消失了。他又激动起来。

“听着，要耐心！我向你保证，我会去跟营造商说。”

他又拍了拍皮革似的肩膀，便匆匆走了，侧身走过石块和木材堆。在工作台旁边的工人们背朝着他。他低下头钻过低矮的门，来到南耳堂，站了一会儿，在灰尘翻滚的阳光下眨巴着眼。他看到铺面的石板堆在十字中心的一边，两个挖土的工人站着，脚踝在地面下。往远处的北边墙上，有一个更大的洞，可以看顾洞外墓地间的茅草棚，棚里放着备好的树干。他站着，仰起头，满是微笑。他看见亚当神父手上拿着一封信，匆匆忙忙地从南侧廊向他走来，他却挥挥手让神父走开。

“等一等，伙计，我祈祷完再说。”

他微笑着，快步走开，喜悦就像是翅膀。他走过圣坛和法衣室之间的南走道。弥撒仪式已经结束了，除了两个唱诗班的人，周围没有其他人。他们两人站在内门边，说着话。在圣母堂，祈祷椅早就替他摆在中轴线上了。他朝着圣坛低下头，然后在祈祷椅上跪了下来。在近处什么地方，他听见哑巴开始轻轻地敲着，刮磨着石头。不过他几乎用不着赶走那微弱的响声，因为喜悦本身就是祈祷，它离心灵最近。

他们终于在石头上营造我的幻想了。在这重要的日子里，除了感恩我还能干什么呢？

所以，有天使和天使长——

喜悦就像阳光落在字上，燃烧了起来。

他能计算下跪时间，知道跪这么长或那么长时间是怎么个样子。当膝盖先是钝痛然后是无知觉的时候，他就知道已经过去一个多小时了。他又是原来的他了。当光在他闭着的双眼前缓缓游动时，他感觉到胫、膝盖和大腿又疼痛起来。我的祈祷从来就不是简单的，这就是费这么长时间的原因。

他突然意识到自己并不孤独，这并不是因为他看到还是听到了什么。他感觉到了，就像背后温暖的炉火，又旺又温和；那东西挤得那么近，好像就在他的脊梁里似的。

他恐惧地低下了头，几乎喘不过气来。他让那东西随心所欲。我在这儿，那东西似乎在说，不要动。我们在这儿，要永远并肩奋斗。

背上一片温暖，他大着胆子又思考起来。

那是我的守护天使。

吾展尔之宏图，尔遣天使慰之，如往昔，大漠之中。

用两个翅膀遮脸，两个翅膀遮脚，两个翅膀飞翔。

欢乐，火焰，欢乐。

主啊，谢主令吾心存谦卑！

窗户又重叠在一起了。还是充满了圣徒的生命力量，蓝的、红的、绿的；点点片片的阳光却已经移开。他回过神来，目光越过交叉紧握的双手看着熟悉的窗子，天使离开了他。

“啪嗒，啪嗒，啪嗒。”

刮。

尔令尔之选民生命辉煌，如窗中之阳。

他靠在桌上，要放松僵硬的双膝，然后跌跌撞撞地走了几步才站住了，挺直身子走路。他用右手抚平法衣时，又想起了啪嗒声和刮磨石头的声音，便朝北墙看去。哑巴坐在那儿，张开的嘴耷拉着；他脚边的地上摊着一块布，他正在细心地刮着那块石头。看到乔斯林的影子罩过来，他赶紧站了起来。他是个健壮的年轻人，双手轻松地拿着雕刻的石头靠在腹前。天使赋予的快乐、慰藉与宁静映照在年轻人脸上，就像映照在众生的脸上一样。这使得乔斯林在看着面前的他时，感到微笑绷直了自己脸上的皱纹。他又是一个高大的年轻人，可以平视教长，面对面。乔斯林从头到脚打量着他，带着天使般的喜悦，微笑着，充满喜爱，那棕色的脸和脖子，胸部，花边皮上衣敞开着，露出了一丛黑毛，头发卷曲的脑袋，黑色眉毛下的一双黑眼睛，褐色的双臂，腋下冒着汗，透过无袖皮上衣渗了出来。腿上交叉打着绑带，粗糙的鞋上布满了白色的灰尘。

“我今天还能让你满意，是吧！”

年轻人热切地、一遍又一遍地点头，喉咙里还发出唔唔声。乔斯林一直对着那双热切的、爱犬般的眼睛微笑着。我牵他到哪里，他就会到哪里。他要是营造商该多好！也许有一天——

“让我看看，我的孩子。”

年轻人在下边换了换手，将石雕侧向靠着胸部，乔斯林抬起头，看着石雕笑了。

"我不,不,不是的！我的鼻子没那么尖！一点也没有！"

随后,雕像又一次吸引了他的注意力,他不说话了。鼻子,像一只鹰的嘴,口大张着,布满皱纹的脸颊,颧骨下双颊深陷,双眼凹进;他举起一只手放到嘴角边,扯了扯上下唇的皮肉。他张开嘴,去感受这一动作怎样将皮肤扯平,同时叩了三次牙。

"还有,我的孩子,我也没有那么多头发!"

年轻人突然向侧旁伸出空着的那只手,然后又收了回来,手掌在空中划过,作燕飞状。

"是一只鸟？什么鸟？也许,是一只鹰？你想到的是圣灵？"

手又伸了出去,划动着。

"啊,我明白了！你想对速度有个印象!"

年轻人笑得脸上绽开了花,差点把石雕给掉了,幸好及时扶住。就像与天使那样,通过石头进行交流,喜悦——

然后静了下来,两个人都看着石雕。

与天使向前飞奔,静止就是无穷的速度,头发猛力吹起,向后,圣灵之风将它绷直,嘴张开着,不是为了吐出雨水,而是为了高呼"和散那"与"哈利路亚"。

过了一会儿,乔斯林抬起头,苦笑着。

"你不觉得把我当天使,有损我的谦卑吗?"

喉咙里的嗯嗯声,摇头,像狗一般迫切的眼神。

"就把我这么砌上去,砌上二百英尺高的地方,砌上塔的每一面,让我张开嘴,日日夜夜地赞美主,直到世界末日吗？让我看看脸部。"

年轻人顺从地站着,脸正对着他。接下去好长一段时间,他们都一动不动,一声不吭。乔斯林打量着那瘦削的、高耸的颧骨,张开的嘴,撑得大大的鼻孔,好像一双翅膀要顶起鼻子似的,大大的、失明的双眼。

的确,在幻象来临的时候,眼睛什么也看不见。

"你怎么知道这么多的?"

但是,年轻人却看着他,神色像石头一样漠然,乔斯林又笑了笑,拍了拍那棕色的脸颊,又拧了一把。

"也许你的双手知道,我的孩子。它们具有一种智慧。这就是主让你不作声的原因。"

喉咙里的嗯嗯声。

"走吧,你明天继续雕我的像吧。"

乔斯林转身要走,突然又止住了步。

"亚当神父!"

他快步走过圣母堂,走到亚当神父站的南面窗子下的阴影处。

"你一直在等吗?"

矮个子耐心地站着,双手拿着信,像端着个盘似的。他那平淡无奇的声音刺耳地响了起来。

"谨遵大人指令,大人。"

"这要怪我,神父。"

然而,就是在他说话的时候,他想起其它事务,也就顾不得歉疚了。他转身朝北边走道走去,听到身后响着掌钉浅帮鞋的咔嗒声。

"亚当神父,我祈祷的时候你看见——看见我背后有什么东西吗?"

老鼠般的尖声。

"没有,大人。"

"你要是看见了,理所当然,我也会让你不吱声的。"

他在走道上停了下来。上面是一束束、一柱柱的阳光。不过,在高坛和它周围宽宽的走道之间的那堵墙，却替他们站的地方遮了阴。他听到十字中心那儿敲碎石头的声音，看着飞舞的尘埃甚至飘到了木屏障的这一边，只是飘得更慢。这引得他目光朝上看，看着高高的穹顶。他向后退了一步，好看得更清楚，却感觉到鞋跟踩上了柔软的脚趾。

“亚当神父！”

小个子什么也没说，没有反应。他站着，手上仍然捧着那封信，甚至脸部表情也没有改变。乔斯林想，或许，这是因为他根本就没有脸。他整个脸都是一个样，就像挂衣钩的表面似的。他说着话，看着那秃顶和周围一圈不可名状的头发发笑。

“原谅我，亚当神父。这么容易就忘了你在那儿！”接着，他又喜又爱地大声笑了起来——“我要叫你无名神父！”

神父仍然一声不吭。

“好，来看看这封愚蠢的信。”

在教堂的另一边，唱诗班已经集合，准备下一场弥撒。他听到他们开始唱列队行进赞美诗。他们在行进。首先听到的童声最清楚；接着，童声停了；唱诗班随后低声唱起；接着这声音也消失了。圣母堂那儿只有一个声音在唱，哇，哇，哇，哇。在穹顶此起彼伏，响个不停。

“你说，神父，大家都知道世上的事就是这样，她是我的姨妈，是吗？”

“是的，大人。”

“一个人必须宽容，一如既往——即使对她那样的人，即使像她过去那样，也不例外。”

还是静默，用两个翅膀遮脚。尔之天使乃吾之守护。我现在可以承受一切。

“他们说了些什么？”

“是些闲话，大人。”

“告诉我，说吧。”

“他们说，要不是因为她有钱，你是绝不会建这尖塔的。”

“是这样。还有什么？”

“他们说，即使你罪大恶极，钱还是可以让你在圣坛旁边买一块墓地的。”

“他们这样说？”

信还在那儿，像一只白色托盘，淡淡的香水味经久不散，直冲鼻腔。北边窗下昏暗的走道似乎袭来一阵类似春天的气息。新的开端、天使，却未能止住他又一次的恼怒。

“它在发臭！”

圣母堂里哇-哇-哇-的声音消失了。

“大声念！”

“‘致我的外甥及——’”

“再大声点。”

（从圣母堂传来一个声音，缓缓的，压住了回音。我只信一个上帝。）

“‘神父乔斯林，圣母马利亚大教堂教长。’”

（在圣母堂，老老少少同声唱着，歌唱一切有形的和无形的。）

“‘这封信是戈弗雷先生替我写的。因为我觉得，你忙于教堂和建筑事务，对于他三年以来替我写的所有信件都置之不理。好吧，亲爱的外甥，我又来了，又提出了这个老问题，难道就不能给我回个话吗？过去谈到钱，你回起信来可是大不相同，也快得多。直说了吧，我清楚，大家清楚，而你也清楚我从前过的是什么生活。可这一切都因为他的死去而结束了，那是谋杀，我该说是殉身。剩下的就是在造物主面前的忏悔了。我希望上帝能赐予他那不相称的女仆长得多的、虽生犹死的生命来作忏悔。'"

（承受着彼拉多①的折磨。）

"'我知道，你保持沉默是因为你谴责我与一位世俗国王的交往。但不是说把现世的事交给现世君王吗？我至少是那样做了，尽了我最大的力量。我本来可葬在温切斯特国王墓群之中的，他答应过的。可是他们把我拒之门外。虽然这一天很快就要来到，那时候我将名正言顺地安息在已故国王之中。'"

（审判活人与死人。）

"'戈弗雷先生想要删去最后一句话，但是我说他必须保留。你的教堂里所有的骨骸都是那么神圣吗？你也许会说我上天堂的希望不大，但是我却希望能更好。在高坛的南边有一块地方，或许是在你得志之前有这么一块地方，在某个老主教的安葬处和教长的小教堂之间，太阳照进来的地方。我想大圣坛能看到我在那儿，也许它不像你那样在乎那些让我至今难以彻底忏悔的过错。'"

（永恒的饶恕，永恒的生命。）

"'究竟因为什么？要更多钱吗？你想建两座，而不是一座尖塔吗？好，你知道也不妨。我想在你和穷人之间分配我的遗产。——他在这方面很慷慨，就像在其它所有方面一样。要留下充足的钱造我的墓，请主持弥撒的神父，以你母亲的名义给教堂一件礼物。我们曾经亲密无间——'"

他伸出手，把神父手中的信叠了起来。

"无名神父，没有女人我们同样也干得很好。你认为呢？"

"他们曾经被称作是危险的、难以理解的，大人。"

---

① 主持对耶稣的审判并下令把耶稣钉死在十字架上的罗马犹太巡抚。

(阿门。)

“怎么回信,大人?”

乔斯林却想起了那新的开端,想起了天使,想起了塔的无形轮廓。对于了解情况的人,即使是现在,在十字中心上方阳光灿烂的天空,轮廓也已经显现。

“回信?”他说着笑了,“有什么必要去改变决定? 我们不回。”

第二章

他沿着走道从临时木门走了出来,一下子来到十字中心的光亮之中,眨着眼,站了好一会儿。北耳堂墙上的洞很大,足以过一辆运货马车,营造商手下的几个人此刻正在铲平墙洞边缘,所以灰尘比任何时候都大,像黄色的烟雾一样,他又咳嗽,又冒眼泪。两个敲开地面的工人在干活,大腿以下都看不见。这片空间的灰尘太大了,他还以为他们的脸都可怕地变了形,直到最后才看出是他们用布包住了嘴,这些布也沾满了灰尘和汗水。一个小工站在坑边等待。灰砂斗装满以后,他就扛着从北耳堂走出去,另一个接着上来。小工肩上扛着灰砂斗,从灰尘多的地方走到灰尘少的地方,然后吃力地唱起了歌。乔斯林懂得歌词,只听了开头那一点,他就双手捂住耳朵,顾不上灰尘,张口训斥那唱歌的人。那人却不理睬,边走边唱,走过了墙洞。乔斯林匆匆走进中殿,仔细看了看四周。他在石柱子周围寻找着,仔细看,却没有发现人。他故意走过南耳堂,"砰"的一声推开回廊高大的门,猛力拉开门帘。但是,主管的人却不在文书房,只有一位助祭在比较两份手稿,鼻子几乎贴到稿子上去了。

"司事去哪儿了?"

年轻人迅速站了起来,边扶住了一本书。

"大人,他走过——"

乔斯林将另一幅门帘猛地拉到一边,但课室里也没有人。长凳乱糟糟地放着,其中的一条侧面倒着。他来到回廊的走道上,双手撑在窗台上往外看。窗台上放满了骨质棋子,石板台面上刻着一个棋盘。教堂司事坐在一张从课室里搬出来的椅子上。他坐在阳光下，背靠着拱廊的一根柱子，双手十指交叉放在腿上。

“安塞尔姆神父！”

一只一大早就飞进来了的苍蝇撞了一下安塞尔姆神父的鼻子，弹开了。他睁开眼睛，目光茫然，接着又闭上了眼。

“我的司事大人！”

乔斯林匆匆忙忙撩开下一道门帘，走进院子，站在安塞尔姆神父旁边。他压下恼怒，像平常聊天那样说起话来。

“中殿没人，没有人在守护。”

虽然安塞尔姆像是睡着了似的，他身上还是在轻微抖动。他睁开眼，目光却看着别处。

“灰尘太大，我的大人。你知道我这可怜的胸部有多难受。”

“你没有必要自己坐在那儿，你有权派人去！”

安塞尔姆虚弱无力地咳着，突，突，突。

“我自己都干不了的事，怎么能叫别人干？过一两天灰尘就会少一点，营造商跟我说过。”

“所以，他们现在喜欢唱什么下流歌就唱，是不是？”

尽管乔斯林很小心，打定主意不发火，可声音还是大了起来，攥紧了右拳。他故意又松开手，屈了屈手指，好像这动作并没有什么含意。教堂司事却已经看清了，虽然他此刻在看着那棵大杉树。他仍然在颤抖，不过语气却很平静。

“主教大人，如果你想到我们的正常生活已经被搅得像什么样子，却还得接受；那么，请饶恕我，一首歌无论是如何俗气，也就微不足道了。毕竟，我们在中殿两旁的侧廊还有十二个圣坛。因为这，因为我们这项新建筑，蜡烛都已经不点了。恕我再进一言，这些人，这些来自四面八方的怪物，稍稍惹一下就要动武，随他们去唱或许更明智吧。”

乔斯林张开嘴,又默默地闭上了。教士大会上进行审议的严肃情景闪过他的脑海;不过教堂司事已经不再看杉树了,他歪着头,直视着乔斯林。

“真的,教长大人;就让他们唱一两天,至少等尘埃落定再说吧。”

乔斯林恢复了正常的状态。

“可这是教士大会决定的!”

“我有一定的自主权。”

“他们玷污了教堂。”

教堂司事一动也不动,就像身后的石柱一样。他不再颤抖了。

“至少他们没把教堂毁掉。”

乔斯林吼了起来。

“你是什么意思?”

教堂司事双手定在那儿,好像忘记了自己是怎么摊开的。

“我?大人?就是我刚才说过的。”

教堂司事小心翼翼地收回双手,十指交叉放在腿上。

“你可不能误会我。很明显,这些愚昧的人污言秽语弄脏了空气,就像他们让空气中充满灰尘和臭气一般。可是他们没有毁灭空气。他们也没有毁掉面前这建筑。”

“是我干的!”

教堂司事警觉起来。

“谁说你了,大人?”

“自从你在教士大会上投票反对建尖塔——”

他恼怒得噎住了,安塞尔姆微微笑了笑。

“是可悲的不虔诚,大人。我被否决了。现在同样认为我们必须齐心协力①。”

提到车轮、肩膀，似乎又在暗示什么，乔斯林心中的恼怒成了愤怒。

“可悲的不虔诚，千真万确！”

司事的微笑不仅自信，而且和蔼。

“我们并不都认为自己是独一无二的选民，大人。”

“不管你在多么小心地掩饰，你以为我没有听出你是在指责我吗？”

“我说了我一贯所说的。”

“就是反对。”

种种原因奇怪的交织使乔斯林血往上涌。当他再次开口说话时，声音在急剧地颤抖着。

“我相信我们创始人立的法规仍然有效。”

司事变得非常沉静，他清秀的脸也许红了一点。他收回双脚，缓缓地站了起来。

“大人。”

“十字中心还缺一名监工。”

司事什么也没说。他十指交叉，轻得不能再轻地点了点头，转身朝回廊门走去。突然，乔斯林伸出了手。

“安塞尔姆！”

司事停住了，转过身，等待着。

“安塞尔姆，我没想——你是我惟一的老朋友了。我们这是怎么啦？”

① 齐心协力的英文原文是 put our shoulders to the wheel，其中 shoulder 和 wheel 的单词词义分别是“肩膀”、“车轮”。

没有回答。

“你知道我没想让你就这么离开的，原谅我。”

微红的脸上没有微笑。

“当然。”

“有十几个人让你调遣。那个在那儿，在文书房的小伙子。克莱索斯多姆当然可以等？看看他等了多久了！”

教堂司事又恢复了自信，他摇了摇头。

“我今天不会叫任何人去的。灰尘太大，你知道的。”

他们都不说话了。

我怎么办？这是个小小的烦恼，会过去的。不过我在学聪明。

“你的命令仍然有效，是吗，大人？”

乔斯林转过身向上看。他看到回廊中的拱廊和饰墙，审视着它们上方的扶壁和南边墙上高高的窗户；沿着墙与耳堂之间的夹角看去，看到十字中心上方简易的、四方形的顶篷。阳光洒在石块上，却没有把它晒热；在高耸的石块上方，一夜的雨水把天空冲刷得明净光洁。天上没有云，不过像是要起风。他让目光停留在十字中心的饰墙上方那自动勾勒的无形的几何图形上。在那儿，一只鸟盘旋着，最后在四百英尺的高空变成了一个点。

就这样吧，不管代价如何。

他回头看司事，突然看到他脸上像是友善，又像是遭愚弄的怨恨。我是你的朋友，那微笑说，是你的告解神父，特别是你的朋友。它还无可辩驳地说，上边那无形的东西是乔斯林的怪物尖塔，一定会倒下来的，倒下来还要埋掉、毁掉教堂。

“怎么样，大人？”

乔斯林压低声音。

“就这样，走吧，走吧。”

司事十指交叉，点了点头。这是完全服从的表示，而且不仅如此，因为联结他们的线已经磨损。他在南耳堂门口停了一下，而乔斯林甚至在小心抬起门闩，小心地关上门的动作中听出了一种说不出是什么的斥骂。那是一种无礼，线因此断了。行了，他想，结束了。但是，他又想起了这根线过去是如此地粗和长，是一根使他们心连心的纽带。想到这，他的心痛了起来。他知道：恼怒过去之后他就会想起海边的修道院、闪光的海水、太阳、沙滩，就会忍不住伤心。

“很长时间了，一直忘不了。”

我不知道在那儿你要花费多少，整整四百英尺。我想你要花的只不过是钱。尽管如此，需要多少就多少吧！

他走回教堂。来到南耳堂之后，他已经把安塞尔姆忘了，因为那里空气中的灰尘少了，残留的灰尘，也在不断消失。挖土工人干活时已经不再用布包着嘴了，他们上方那滚滚的尘柱也消失了。现在，只能看见他们的脑袋和铲土上来的铁锹。铁锹铲下去的时候没有碰上碎石的声音，而是轻轻的磨擦声和咔嚓声。一个小工正在扛走满满一斗的黑色泥土。不过，小工和挖土的工人都不是他感兴趣的，因为此刻罗杰·梅森正站在坑的那一边往下看，眼睛瞪着。他抬头看了看十字中心的石柱，看到乔斯林却像没看见似的，又瞪着眼往坑里瞧。这并不新鲜，营造商常常都是视而不见的。随后，他又会盯着某一件东西，好像其它什么也看不见，听不见，也感觉不到。在那些时候，他似乎有一种眼力，能够捕捉住并使他所看到的成型，或者能够完整地接受。但此刻他不像是在那样看。他眼睛往下看着，双眼瞪得大大的，深褐色的脸上满是吃惊和怀疑。他的蓝色风帽放了下来，在他的粗脖子后边叠在一起。他一只手摸着理平头的圆脑袋，摸着它，似乎要确证它还在那儿。

乔斯林站在坑的边上，对着营造商说话。

"怎么样,罗杰,你觉得满意吗?"

营造商既没有回答他,也没有看他。他双手叉在腰上,粗壮的腿分开着,穿着褐色短袖束腰外衣的强健身躯稍向前倾。他对着坑下说话。

"用尖棒戳!"

一个挖土工停下来休息,黑手抹了一把汗涔涔的脸。另一个消失在坑里,咕哝着。营造商迅速跪了下来,双手扶在一块石板的边上,又往前靠了靠。

"有什么吗?"

"什么也没有,师傅。来——嗬!"

那人的脑袋出现了,然后是双手。他双手拿着铁棒,一个大拇指比着距离,另一个大拇指放在闪亮的尖头上。营造商慢慢地审视着铁棒,从一个拇指看到另一个拇指。他打量着乔斯林,嘴唇做出吹口哨的样子,却没有声音。乔斯林意识到没有人理睬他,就转过身去打量着中殿。他看到安塞尔姆那白发苍苍的、高贵的脑袋。安塞尔姆坐在两百码开外的西门边,一丝不苟执行着他的指令。听不到他的声音,也几乎看不到他。乔斯林又一次痛苦地感觉到这个人看上去是一回事,做起事来却又是另外一回事,他还有点吃惊,有点怀疑。他要耍小孩子脾气,就让他坐在那儿,直到变成石头吧!我什么也不会说。

他转过身看着营造商,这一次,他知道营造商会理睬他了。

"怎么样,罗杰,我的孩子?"

营造商站了起来,拍掉膝盖上的尘土,接着又拍掉手上的。挖土工人又干了起来,挖着,铲着。

"你明白刚才看到的吗,神父?"

"我只明白传奇才是真实的。然而,传奇总是真实的。"

“你们这些神父真是挑三拣四。”

你们这些神父。

我得小心,不要把他惹火了,他想道。只要他按我的要求去做,他爱说什么就说什么吧。

“忏悔吧,我的孩子。我告诉过你这座尖塔将是一个奇迹,你却不相信。现在你亲眼看到了吧。”

“看到什么?”

“一个奇迹。你看到了地基;更确切说,是没有地基。”

营造商的笑声中带着鄙夷和逗趣。

“地基是有的,不过大概只能承受现在教堂的重量。瞧,你看得出他们刚才做的。从坑这一边看下去,毛石层到这儿,下去还有点其它的什么,再下去,除了泥其它什么也没有。以前他们用树枝做成浮筏,然后在上边堆上填料,不过即使这一点也无法确定。这下边什么地方一定会有砾石层,离地面很近;一定是离地面很近,否则我就是不懂行了。也许从前有河岸,河水冲积的沙洲。下边的泥只不过是一片泥地。”

乔斯林喜悦地仰起鼻子笑着,下巴抬起。

“可是,你有手艺却什么也确定不了,我的孩子。你说他们造了个浮筏,为什么不认为整个教堂都浮在这上边呢?去相信一个奇迹要简单多了。”

营造商无声地打量着他,直到他止住了笑。

“到这儿来,我们好说话。听着,就照你说的,整个教堂是漂浮的。这只是一种说话的方式,也许是这样——”

“是这样的,罗杰,我们一直清楚这一点。也许下一次你就会相信我了。这样去挖掘很没有必要。”

“我挖这个坑,是我的工人们要这样的。”

“你的这群人？我还以为你是他们的统领呢！”

“有时候部下才是统领。”

“那就是个可怜的统领了，罗杰。”

“瞧，这地基，也就是浮筏，仅仅能够支撑这座教堂。再不能，也许是几乎不能再支撑其它什么了。现在这些工人都知道了。”

尽管乔斯林做出一副严肃的样子，他的声音里还是透露出了一种亲切的顽皮。

“你没替我也挖个坑吗？罗杰。一个逮住教长的坑？”

可是罗杰·梅森没有笑。他浓眉之下的目光扫了过来，活像一头公牛。

“你这是什么意思？”

“让教长看看这座尖塔是多么的没有希望。今年夏天温切斯特、奇切斯特、拉考克、克里斯特切奇都没活干，没有大修道院要建，也没有女修道院、小修道院要建。新国王也不热衷于建城堡。但是在这儿，你盘算过：我们可以在这儿度过夏天，让乔斯林教长看看他是怎样一个傻瓜。这样，你就能够让这群人不散伙，直到好差事到来。因为没有了队伍，你就会一文不值。”

营造商微微地笑了。

“要是我能很快找到沙砾，神父，那我们可以再掂量掂量，要不——”

“要不你就宁愿建一座又低又矮的塔，小心翼翼的，畏畏缩缩的，也斜一只眼，看看这教堂是不是沉不了？你自以为多么得计啊！一座塔建到哪儿停下都行，是不是，罗杰？所以你手下的人可以在这儿过冬，杀更多的人。”

“那场打斗中我也失去了最好的凿石工。”

“只为了建一座矮墩墩的塔。不行，罗杰。”

“我在找砂砾层。那是真正的地基层,是砂砾层。”

但乔斯林只是对他点着头,微笑着。

“你会看到我是怎样用意志将你推上去的,在这件事情上,这是主的意志。”

营造商止住了笑,怒气冲冲地说话。

“要是他们想要建塔,他们会事先打好基础的!”

“他们想建一座。”

这一次,他完全吸引了罗杰·梅森的兴趣。

“平面图呢?”

“什么平面图?”

“整座教堂的——你看见过吗? 放在档案间了吗?”

乔斯林摇了摇头。

“没有什么平面图,我的孩子。像他们那样的人根本用不着在羊皮上画什么,也用不着在板上标什么。但是我明白他们的意图。”

营造商搔了搔头,接着做了个手势。

“跟我来,神父,仔细看看柱子。”

“我对它们太熟悉了。别忘了,在人间这就是我的房子。”

“请你像我这样看看这座房子吧。”

在十字中心的四角有四根石柱。它们向上伸,每一根都像一丛树干,树枝伸展开去,支撑住屋顶。屋顶下方光线暗淡,在一百二十英尺之下,眼睛看不见屋顶中心出口的盖子周围的图案。营造商走到西南角的柱子旁,用掌拍击石柱丛中的一根。石头很光滑,不沾灰尘。他手放在石柱表面,另一只变形的手闪现出来,与它相迎。

“你看它们很粗很结实是吗,神父?”

“棒极了。”

“但是,与它们的长度相比,石柱真是太细了。”

“这是它们的美。”

“它们除了屋顶再也支撑不住什么了。以前也从来没打算过让它们除了自身的重量,还要再撑起什么。”

乔斯林仰起下巴。

“无论如何,它们一定是很结实的。”

营造商的微笑是含糊的,就像司事刚才的微笑一样。

“你会怎样去建这样一根柱子,神父?”

乔斯林走到石柱旁,仔细看着。石柱丛中的每一根都比一个人还粗大。他手指向下摸着其中一根的表面。

“瞧,看见了吗?这些横向的裂痕,裂缝,你们把这些叫作什么?叫桁吗?他们一定是裁了薄片,再堆起来,就像下跳棋的孩子把棋子一个一个堆起来似的。”

营造商的微笑中带着冷酷。

“你说他们是好人,神父;也许他们是诚实的。但是,除了这还有其它的办法呀。”

潘格尔一瘸一拐地走过十字中心。在他身后,一个杂工不出声地模仿着他。一瘸一拐,侧身而行,头部姿势,甚至那怒气冲冲的表情,他都学得惟妙惟肖。潘格尔突然转身,杂工打住了,爆发出咯咯的笑声。潘格尔走了过去,咕哝着走进他的王国。

“现在,罗杰,我们说点其它的。那个人——”

“潘格尔?”

“他是一个非常忠实的仆人,告诉你的人别再惹他。”

一阵沉默。

“罗杰?”

“那人是个傻瓜。难道他连玩笑也受不了吗?”

“不管是什么玩笑,都是老一套了。”

营造商铁着脸看着潘格尔王国的门，一声不吭。

"罗杰，为什么他们非得作弄他？"

营造商迅速地看了乔斯林一眼，刹那间他们心里都如同车轮辗出辙迹一样震颤了一下。乔斯林感觉到许许多多的话撞到了嘴边，若不是那双黑色的眼睛直视着他的双眼，他就要说出来了。这就像站在什么的边缘上似的。

"罗杰？"

几个教徒从圣母堂走了出来，沿着北边走道过来了。雷切尔走在前头，大声说着话。乔斯林到了嘴边的话消失了。

"他们为什么这样？"

罗杰·梅森回到了坑边。

"这是我们驱邪的方式。"

这时候雷切尔已经离开了人群，沿着走道向他们走来。她还没走近就说开了，还一边挥着手。"真没想到还没到世界末日就把他们的地基给挖起来了，干吗不呢？他们高低也像我的男人，有合同的，"她说着话，点着头，浑身猛烈地抖动。裙子不是轻轻提起，而是一把抓了起来，一只难看的脚和踝露出了太多。"在毛石层下边是树枝，你预料到的，是吗，罗杰？他一向很清楚，大人"——大人，好像她不是个女人，而是在教士大会上有投票权的教士团成员似的！她的全身都是话的一部分，眼珠鼓凸，不像个体面的、缄默的英国淑女（不像安静的古迪·潘格尔，我的圣女。），还不懂装懂，装作懂建筑，居然敢顶撞一个男人！雷切尔长着浅棕色头发，黑眼睛，精力充沛，向来无拘无束。她是这个地球上禁欲的最有力的论据——如果需要论据的话。——"饶恕我大人，但是我得说出来，我对这些事儿懂一点，我记得罗杰的老师傅说过，'孩子——'他叫我孩子，你看，因为罗杰当时是他的助手，'孩子，一座塔地面上有多高，地底下就得有多深'——又好像是下边有多深,上边才能有多高？你瞧,他的意思是——"接着她头歪向一边,神秘地微笑着,一个手指戳在乔斯林的脸上,"是地面上塔有多重,地底下的基也得有多重。这样,上边是四百英尺,下边也得四百英尺。是这样吗罗杰？罗杰?"她不停地说着。她从望弥撒时必不可少的、忏悔的静默中被释放了出来,她的全身,她棕色的脸由于说话而颤动,正如一根水管由于水从中喷出而颤动一样。罗杰和雷切尔·梅森有个让人感到奇怪的地方。他们不仅形影不离,而且模样相似,不似夫妻,却像兄妹,棕色皮肤,身体强壮,嘴唇红润。他们仿佛置身孤岛,有着自己独特的生活方式。罗杰从来不打她,但是他们经常斗嘴;口角却似一阵阵火焰,不久就被风吹灭了,随后一切都和原来一样。他们围着对方转的样子使人们感到不解,也无法弄清他们是如何互相容忍的——尽管人们可以看出他们的一些生活的技巧。比如,罗杰·梅森学会了运用某种方法来对付雷切尔,经常使当时的情景显得很滑稽,就像现在这样。他不理睬她,只是提高嗓门,让人们能听见并听懂他的话。这样做似乎从来都不会使他恼火,但无疑会让旁人恼火,特别是当这个旁人是教堂的高层人物的时候。

"这是一个比你的想象要复杂得多的问题。"

这时雷切尔的脸颤动着,营造商的话又听不见了。乔斯林提高了嗓门。他只能接受这种滑稽,并因此而恼火。

"我们在说潘格尔呢!"

"多可爱的人,她没有孩子多可惜。可我也没有,大人,我们都得背着这十字架!"

"我能建多高就建多高——"

"你敢建多高就建多高——"

突然,乔斯林清晰地听到了自己的声音,不用再和谁去争嗓门高低。雷切尔已经转过身去了，她那滔滔不绝的话落入坑里，被吞没了。

“这小小的冒险有什么，罗杰？我的冒险可是大的！”

“什么？”

“四百英尺之举！”

“看来我还没说服你。”

乔斯林对他微笑着，意味深长地点着头。

“开始建吧，这就是我所要求的。”

他们对视着，各自都很坚决。谁也没再说话，但心中却明白什么问题也没有解决，这只是“停战协议”。如果必要的话，我会催着他一块石头一块石头地往上砌，乔斯林想。他没有远见，他是看不到。他认为塔建到哪儿要停止就让他去认为吧——但此刻雷切尔从坑那边掉转头来，他们听到她说现在那里边光线有多暗，工人们有多疲劳，即使他们肯干也不能再干下去了，他们必须停下。乔斯林转过身去，对自己，对那个愚蠢的女人，对更习惯于不理睬她，而不去管住她的那个男人都大为震怒。他很吃惊地发现太阳已经从西边的窗口照进来了。看到这，他感到一阵饥饿的痛苦。这也使他愤怒。当他听到身后营造商对着雷切尔大吼的时候，才感觉到稍许快慰。

“你怎么这样蠢？”

不过他清楚这吼叫并不意味着什么，连责骂也谈不上，也许只是某种驱邪的做法。再过五分钟，又能看见他们形影相伴，笑着，不知羞耻地手挽着手走着，喃喃地说着与他人无关的、自己的悄悄话。就这些而言，她是个好女人。在工人们落脚的新街，谣传的和令人恼怒的偷情不少，但是所有这些丑闻惟独与雷切尔和营造商无关。他沿着中殿看到阳光那儿，感到自己又恼怒起来。这一天是以快乐开始的，他想，发生了了不起的大事，有一个好的开端，还有我的天使。另一方面，快乐又会减少。似乎天使受命来到不仅仅要使我坚强，给我慰藉，而且也是个警告。他看见远处的安塞尔姆神父，高贵地坐在西门边。老人满头银发，一动也不动地坐着，这使他既恼怒又悲伤。他仰起下巴，对着高侧窗上讲道的祖先画像说话。

“他爱生气，就让他生气吧。”

身后，他听到笑声从北耳堂墙上新挖的洞里传了过来。雷切尔此刻已经走了。他转过身去了一会儿，看着营造商和坑边的工人们谈话。他迟疑了一下，不知道自己是否要过去施加更大的压力。我本不该去找他的，他想。我本来应该把他叫来训斥一通，因为大门边出现了斗殴。市长要诉诸法律怎么办？我连想要说的一半话都没说完，都是因为那个说起话来滔滔不绝的、鲁莽的、脸抖动着的女人。有些女人由于愚昧，变得比门、比栏杆还硬。我还要斥责她的无礼，让她知道自己的身份。下一次，看到她一个人的时候，我会和气地对她说话，告诉她应该怎样。

“天哪，我们得用什么样的工具啊！”

他听到中殿那儿掌钉浅帮鞋的啪嗒声，知道那是衣钩般的人来了。他转过身看。亚当神父像往常一样地走着，不紧不慢，好像其它什么也不干，只是像现在这样一天一天地走着，送信，收信，等候吩咐，冷冰冰的，没有活力也没有抱怨。此刻他站在主人面前，手交叉，像个小孩也能做的纸玩偶，不过脸部太复杂了，不值得仔细画，头发和手臂上了色。他站在乔斯林面前，很迟了都还没吃饭，手头还有更多事情要做。

“你不能等等吗，亚当神父？”

无名神父。

无名神父那管用的嗓子尖声地发出回答。

“我以为你想马上就看，大人。”

乔斯林叹了口气，回答他了。他又疲倦，又想发火，快乐奇怪地消失殆尽。

“好吧，让我看看。”

他转身朝东，拿起信，让阳光照在上面。他看着信，脸色开朗起来，恼怒变为满意，最后是兴奋。

“你给我看这封信，干得好！”

他跪了下来，划十字，作感恩祷告。喜悦之潮涌了回来，使他站起身，匆匆走到营造商与他的助手贾汗谈话的坑边。他走近时，营造商不再看贾汗，目光看了过来，对着他说话。

“他们还没有发现沙砾层。如果水再往上涨，我们就只好等上几个星期才能再深挖了，也许是几个月。”

乔斯林拍了拍信。

“这就是你的答案，我的孩子。”

“那东西？”

“我的主教大人记住了我们。即使他在罗马，跪在教皇陛下面前，他仍然记得他远方的羔羊。”

营造商不耐烦地回答。

“你从来就没有听懂我的话，是不是？我告诉你，钱建不了你要的尖塔。就是用金子去建，它也只会陷得更深。”

乔斯林摇着头，笑着。

“让我来告诉你，然后你就能睡好觉了。他没有寄钱。钱又算得上什么呢？它可是远远、远远，比钱的价值更高得不知道多少——”一股激情向上冲击着他，他的声音也随之上升了。他一只手搂住营造商的肩膀，拥抱了他，“我们要把这放在尖塔最上方的那块石头上，它会留在那儿，直到世界末日。主教大人要给我们送来神钉。”

他把手从这个难以理解的营造商肩上放了下来，沿着中殿看到阳光处。他看到安塞尔姆神父白发苍苍的头，马上意识到如果没有疗伤圣油，生活就会令人难以忍受。他沿着中殿，几乎是奔向老人那儿，一边挥舞着手中的信。

“安塞尔姆神父！”

这一次，安塞尔姆神父起身站着。他慢慢地起身，忍受着折磨，似乎要使这一英勇的画面变得完整。他强压着三次咳嗽，所以咳嗽声只是刚好能听见。他的脸上冷漠，毫无表情。

“安塞尔姆神父，友谊是一件宝贵的东西。”

毫无表情。喜悦之中，乔斯林又说了一次。

“我们对它做了些什么？”

“这是个真正的问题，大人，还是修辞性的？”

乔斯林把他包围在爱之中。

“你看看这封信好吗？”

“你在命令我吗，大人？”

乔斯林大笑起来。

“安塞尔姆！安塞尔姆！”

老人固执地抵制着他的爱，眼睛看开去。看着帆布木架屏障，轻轻地，又出声地咳嗽着，突，突，突。

“如果这跟教士大会有关，大人，到时候我们无疑都可以听到的。”

“安塞尔姆，这是我给你的礼物，我免除你这项工作。我早应该明白，有这么多的反对意见，还有你的身体状况——毕竟没有人能像我这样致力于这项事业。我要自己管起来。你清楚这一点，清楚其中原因，在所有人当中你才是我的告解神父，我灵魂的主管。”

“让我来弄明白这事，大人。我不再是监工，也不用去组织那些监工了，是吗？”

“我是这么说的。”

安塞尔姆的脸一直没有变化。他一直雍容地侧着脸朝东边看，满头都是银发。他站着，一副元老风度，威严而自信。话掉落下来。

“白纸黑字？”

话落了下来。它们不是宝石与珍珠，与那张圣徒的脸不相称。它们是卵石。没有侮辱的话，什么也抓不住。如果话语中带着傲慢，它们也还是对的，符合章程的。凡规定须由四名主管人中之二人所决定之事项，应见诸文字——好像章程是悬在两个人之间的空气中，字句清晰，而安塞尔姆引用章程，占了上风。

“凡见诸文字者，如有变化，亦应见诸文字。并于两位主管在场之情形下，加盖骨质小印鉴。”

“我知道。”

安塞尔姆又说话了，平静而又冷漠，他的咳嗽也消失了。

“就这些吗，大人？”

“就这些。”

他听到司事的脚步声走开去，走向中殿，他就这样站着，从左边回头看。我得除掉他，他想道，我被骗了。他那高贵的脑袋里掉下的除了卵石，其它什么也没有。

他低头看主教的来信。这像是集市上的天平秤，他想。喜悦使我在一个盘中上升，安塞尔姆却在另一个盘里下沉。还有神钉和我的天使，秘书室教士、营造商和他的妻子。

突然，他意识到喜悦的双翅夹住了，愤怒又使他热起来。让它们落下来，消失掉吧，工程仍在进行！他从西边窗下走过，一只手紧紧抓着信，贴在胸前，仰起下巴，厉声喃喃自语。

"我必须现在就换告解神父!"

那天晚上,当他睡觉前跪在床边祈祷时,他的天使回来了,站在他背后,一片暖云,给了他一些安慰。

第三章

次日黎明，他醒来时听到了雨声，想起了营造商所说过的话。所以祷告时，除了其它之外，他还祈祷好天气。可是雨连续下了三天，随后也只是云低低的、空气潮湿的半天。这半天，主妇们将所有洗的衣裤都挂在冒烟的火堆旁。烤干的衣服少，弄脏的更多。接着又是一个星期的风和雨。每当他从教长宅邸走出来，披着斗篷要匆匆忙忙去教堂的时候，就能看见屋顶上的云。因此，甚至连屋顶上的饰墙也是模模糊糊的。整座的教堂，这部石头圣经，已经不再赞美上帝，而沦为讲道了。整座教堂黏腻腻的，水从青苔、地衣和剥落的石块上流了下来。天在下着毛毛雨，时间也像毛毛雨一样，慢吞吞的，只好忍耐。大雨瓢泼的时候，那一个个怪兽滴水嘴一齐发泄，此刻人们会想他们的原型是如何在大教堂围地的墓地里，或者是在堂区墓地里铸成的。它们吐着水，似乎这是又一次下地狱的惩罚；它们吐出来的与玻璃上、铅皮上和装饰线条上流下来的，与支柱和小尖塔上流下来的，一齐流下墙面，流过四方形的空地，冒着泡，咕咕响着一直流到墙脚下的水沟里。风来了，但是没有吹出晴空。它这里吹一阵，那里吹一阵，每次都吹来一阵大雨。这样一来，即使是教长，身后大风吹来也难免踉跄；顶风站着，像挨了一击似的；猛烈的风吹起他的斗篷，像翅膀一样。风停的时候，云也降了下来，遮得他连教堂的上半部分也无法看见。因为毛毛细雨，他连教堂有多大也感觉不出来了。这样，走到哪里眼睛都只好对付近前的物体，湿漉漉的石墙的某个角，细看很大，瑕疵很多，就像离得太近看到的皮肤一样。想起北面凹角的尿，臭气似乎就散发出来。但是没有光线，无法分清哪儿是北，哪儿是南。大水从河里涌上堤，置城门口的卫兵而不顾，长驱直入涌进了油腻腻的街道。男人、女人和孩子们趴在想尽办法生起的火堆旁，潮湿的短枝和泥炭块冒着烟，家家户户的屋顶下都雾气腾腾。惟独酒馆发了财。

在教堂的十字中心，挖掘停止了。有一天，乔斯林站在营造商旁边，看着他把一根拴着绳子的蜡烛放了下去，看到了水在坑底下泛着光。他还闻到坑里的臭气，退了回来。可营造商却不在意这些臭气。他站在原地，阴沉沉地朝下看着蜡烛。乔斯林又担心又焦急，在罗杰·梅森身旁徘徊着。

“你会怎么办，我的孩子？”

罗杰·梅森咕哝着。

“要干的事多得很。”

他小心地挪到一个旋梯下方，爬上去不见影了。过了一会儿，乔斯林听见他在一百二十英尺的高空，在穹顶边小心地走动。

自乔斯林闻到坑里的气息之后，新情况似乎就出现了。他开始注意到整个教堂里发霉的香、点完的蜡烛发出的气味都夹杂了这种更加难闻的气味。水，可以想象已经悄悄地渗进了高坛两边或者中殿的拱廊之间那些大人物的墓地里。他发觉自己并不是惟一注意到这一点的人。那些活着的、相信世俗生活之无谓的人立即就发现了，因此在主持弥撒时脸上露出了不得体的厌恶表情。他从圣母堂出来，走过十字中心的时候——这些日子那地方很暗——他总要急迫地对自己说：“就在这儿，在坑发臭的地方，我接受了我所遭遇的。这些年来我完全失败了。很有必要永远记住。”

在这期间，营造商和手下一些工人在十字中心上方的屋顶上干着活。他们砸开穹顶。要是十字中心有光线，你抬头就可以见到椽木。有些工人在那儿干着，接着走进教堂墙间的旋梯，随后出现在楼廊上，看上去只有苍蝇大小。其他人在十字中心东南的那根石柱周围搭脚手架。他们一层一层地往上架梯子，蜘蛛织网似的。所以搭好脚手架之后，石柱看上去就像一棵修过枝的冷杉。这项新的工作对于弥撒仪式未必会没有好处，因为工人们在屋顶，就不那么容易听到他们的声音了。除了在屋顶上偶尔响起的大锤声以外，几乎没有什么去打断中殿散发着臭气的平静。不久，绳子就从十字中心上方敲开的拱顶垂了下来，悬着、晃荡着，似乎里里外外都潮湿渗水的教堂已经长起了某种巨型苔藓。绳子悬着，等着吊起木梁。梁要从北边墙洞一点一点地移进来。它们看上去就像苔藓，带着苔藓的气息。这里阴暗潮湿，连乔斯林也要调动所有意志，才会记得一项壮举正在进行。一个工人从十字中心上方的孔里掉了下来，尖叫声从空中一直传了下来。空气浓稠，似乎要粘住这叫声，就像是无情地铭刻在其间似的。因此，他甚至毫不怀疑在那具躯体和顺理成章地接纳它的那块石板之间并未产生奇迹。安塞尔姆神父在教士大会上什么也没说，但从他的怒目中，乔斯林看出了这一死亡事件已记了账，总有一天要和其它的账一起翻出来。黑夜尚未降临到教堂，是一个没有阳光的正午，因此也是亵渎的、没有希望的。当秘书室教士从法衣室走出来，蹒跚地跟在唱诗队伍的后边，就像他半生以来一直做的那样左转，而不是向右转去圣母堂的时候，唱诗班的男孩们歇斯底里地笑了。尽管有歇斯底里的笑，有许多人窃笑，弥撒还是照常进行，照样完成，不过像是在某种几乎要压倒一切的重负之下完成的，教士大会上气氛紧张，唱诗班既枯燥又烦闷，大家咳嗽不止，男孩们莫名其妙地吵嘴。小男孩无缘无故地在哭。大男孩眼中无神，因为他们在噩梦中看见缺鼻子的人在地下漂浮着，他们平板的脸贴在一个沉重的盖子上。难怪孩子们看到秘书室教士总要笑。可是，有一天他向左转以后径直往前走；最后，两个唱诗神父跟在他后边。他们看到他在半明半暗之中,乱抓着将他与十字中心隔开的木屏障。当他们将他架到亮处时,他们看到老人右手大幅度地抖动,脸上一片茫然。接着,年迈的教士被送回家里。年迈衰老的恐惧雪上加霜般地攫住了那些比他年长的人。日日夜夜,人们在恶息中,在半明半暗中祈祷着。教堂里的烛光只能照亮近前那一晕晕的水雾。人们的声音大了起来,他们害怕衰老和死亡,害怕负重和严峻的局面,害怕黑暗,害怕面对一个没有希望的宇宙。

“主啊,尔闻奴仆之呼喊!”

接着又谣传城里流传着瘟疫。那些紧张无言、眼里发着光的脸,围在预示着圣灵存在的烛光面前,现在变成了一大片。但是乔斯林从来不和他们在一起,因为他自己的天使有时会来到,给他以慰藉和温暖,给他以支持。但他又像一个好将军,很理解他们需要帮助。因为即使对于他,他的工具,他需要利用的这些人,现在看上去也不过像是在教堂周围爬着的猴子似的。他让人把教堂模型连同尖塔都拿到十字中心来了,靠在西北角的石柱上,给他们以激励。模型立在支架上,像是教堂里惟一洁净的东西,虽然手指碰到它还是会弄湿。

就这样,圣诞节过去了。愿天堂喜悦,愿大地在主的面前欢乐,因为主降临了。

人们猜想是主降临了,可是云仍然罩在饰墙上方。只要毛毛雨停一停,人们就会抬头看,摸着自己的脸,以为是出问题了。有一次雨停了,中殿这个大洞穴却特别吵闹,乔斯林来到模型旁边以鼓励自己。木头膨胀了,所以他费了好大力气才拔出尖塔。他虔诚地、像对待一件古董那样捧着它。他抱着尖塔,轻轻抚摸着,从头到尾地仔细看着,就像母亲看婴儿似的。尖塔有十八英寸长,半截呈四方形,高高的窗户;然后是一丛小尖塔,雄伟的尖塔从中间升起,修长，不加装饰，顶上是一个小小的十字架。十字架比他挂在脖子上的小。他站在西北角的石柱旁，仍然抱着尖塔模型，心里猜测大水肯定开始回落了。已经一个星期没再下雨，虽然三月份刮风天不多，但是天阴沉沉的。即使这样，还是可以相信被雨水泡湿了的太阳正在某个地方挣扎，要照到坑坑洼洼的泥地上。他抚着尖塔，听到贾汗说着话从北耳堂的墙洞里走了出来。他闭上眼，想着。我们坚持过来了！愿此刻成为转机吧！他闭着眼睛，似乎能够感受到晴天正在蓄势待发，走向光明。他听到屋顶上大锤的响声，手上抱着的东西使他立刻激动起来。回忆起教堂上空线条构成的轮廓，他激动得哽住了。他感觉到了生命的存在。他仰起下巴，睁开眼睛，张开嘴要作感恩祷告。

突然，他定住了，什么也说不出来。

古迪·潘格尔从潘格尔的王国走了出来。她轻快地走了三步，停下，又往回走了一步，然后朝前向十字中心走来，步子慢了许多，眼睛不去看十字中心。她眼睛看着旁边，一只手抓住披风靠下巴的地方，另一只手抬起，拿起筐子，好像是从一头公牛或一匹雄马面前悄悄溜过似的。她的双脚拖着她走在缰绳的长度之外，肩膀几乎擦着墙壁，只是这双脚不大有决心再往前走。在冬天她苍白的脸上，那一双眼睛就像两块黑斑，她下唇张开，往下耷拉着。假如任何像她那样可爱的东西看上去都很傻，假如她脸上没有那明显的恐惧表情，她就会显得很傻。恐惧表情引起了乔斯林的注意，他沿着她的目光看了过去。此刻，时间震颤着前进，也许根本不是时间。所以，他发觉自己在看见营造商之前就清楚她在看什么，也就不足为奇了。

罗杰·梅森一只脚踏在东南角石柱的脚手架底部一架梯子的最低一杠上，他从梯子上下来，看着古迪。他在转身，在走过地面，她却靠近墙边越走越慢。她退缩着，一边退缩，一边抬头看着侧面。他使她定住了，并往下看着，急切地说着话。她却瞪着眼，张着嘴，摇着头。

乔斯林突然有一种奇怪的确定感。他懂世事，看得出来。他知道这只是众多相遇中的一次；他看到了痛苦和悲伤。他看出来了——有点像祈祷那样看出来了，他们周围的气氛不大一样。他看见他们身处某种帷幔之内，帷幔将他们与所有其他人隔开。他还看出他们两人都害怕这帷幔，却又无能为力。此刻，他们正急切地，悄声地说着话。虽然古迪一次又一次地摇着头，却没有走开，似乎也无法走开，因为那无形的帷幔笼罩着他们。她双手拿着筐子，穿好了衣服要去集市，她用不着跟任何男人说话，更不用跟营造商说话。她只需要摇摇头就行，如果需要的话；不去理睬那个穿着紧身裤和棕色紧身上衣、戴着蓝色风帽的壮实男人是很容易做到的。是的，甚至连停下的必要也没有，只要掉开头走过去就行，反正他又没抓住她。可是她却站在那儿，侧目朝上看着他，同时那双一眨也不眨的黑眼和双唇却在说不。突然，她真正地挣开了，似乎要挣破空气中实际存在的某个东西，但她却是徒劳。那无形的帷幔使他们成了一对，它一直在伸展，总是比她抢先一步。她还是罩在里面，会一直罩在里面，正如她现在身处其中一样，匆匆沿着南侧廊走去，脸颊不再是苍白，而成了红色。罗杰·梅森站着，目视着她沿着南侧廊走去，好像整个世界的一切事物、所有的人都无所谓似的。好像他无法不倾心于她，倾心于她又使他受煎熬。他转过身，背对着乔斯林，东北角的门在古迪身后砰的一声关上了，他像梦游一般回到梯子那儿。

一股怒火从乔斯林的胸中某个地方升起。他脑海里一次次闪现出一张脸，这张脸每天低着接受他的祝福，他还听到她那无忧无虑的歌声在潘格尔的王国响起。他仰起下巴，来自某个愤慨和伤痛的隐秘角落的话从上面迸发出来。

“不！”

他突然感到这世上重新焕发的活力是污秽的，像涌上来的粪肥一般使他喘息着。他看见北耳堂的墙洞就匆匆忙忙钻了过去，一下子来到了亮处。一到亮处，他就听见远处男人们的嘲笑声，是那些工人。在那种气氛之中，他意识到了：看见教长自己匆匆忙忙从墙洞里出来，双手捧着他的怪物尖塔，该是多好的笑料！他回转身，匆匆走回十字中心。这时有几个人排成一行走上了北侧廊。他们当中有雷切尔·梅森，她抱着一个襁褓爱不释手。他说话了，机械地祝贺她并祝福她；警官太太却一把将孩子抢了过去，高傲地走向圣母堂，去行洗礼仪式，把他和雷切尔留在了一起。雷切尔不知怎的不能去。虽然看到罗杰和古迪·潘格尔在一起使他眼花了，但他还是听出了个中眉目。他也无法相信一个女人，即使是一个受到伤害的女人，居然会说这些。（她眼睛鼓凸，一绺绺头发遮在脸上。）使他惊愕万分的并不是她的滔滔不绝，而是她所讲的。雷切尔的脸像大风中的窗玻璃一样颤抖着，告诉他自己没有孩子的原因，虽然她曾经祈祷过。她和罗杰在一起的时候，在最不恰当的时刻却笑了，只能如此。这并不像有些人可能认为的或事实上是说过的，说她患了不育症。大人，真的不是！可她忍不住要笑，结果他也忍不住笑。

他站在那儿，无法相信，脑子里一片混乱。最后她往北走道去了，赶去参加洗礼仪式的队伍。他站在脚手架底下，女人性格中的一部分给了他难以磨灭的印象。她们说起话来九千九百九十九次都是那么的文雅，也许是过于文雅；可是到了第一万次，她们却说出了一件如此不得体、如此有悖隐私的话，好像狂怒的子宫长了舌头似的。在世间所有的女人当中，只有她，讨厌极了，不可思议，却又是实实在在的。只有雷切尔才会这么干。不,是被她暴风雨般的性格所驱使的,在不恰当的时间,不恰当的地点,对不恰当的人说这种话。她将生活层层剥开,直到可怖和滑稽的一面出现;穿着红黄染色服装的赞尼小丑,在行刑室挥动着猪胆气球头的棒子猛击。

他恶狠狠地对着手中的模型说话。

“这女人的厚颜不可救药!”

接着赞尼小丑用猪胆气球揍他的下部,使他突然一笑,末了又一阵颤抖。

他大声呼喊。

“肮脏啊! 肮脏!”

他睁开眼,听到自己的声音响遍了十字中心。他看到潘格尔拿着扫帚在北面走道的临时门旁呆立着。在半清醒的状态下,乔斯林努力使自己的话合逻辑,掩饰真相,他又喊了起来。

“这地方肮脏极了! 他们玷污了一切!”

这时工人们从十字中心走过。有老凿石工人梅尔,还有被挑选作为罗杰·梅森助手的贾汗,他在笑着。他们从乔斯林身旁走过,没有理睬他。

“还说她是妻子? 她是他的看守!”

乔斯林头上的血液仍然在涌动,他极力要使自己和潘格尔说话时显得自然,却发现自己像跑完了整个教堂似的气喘吁吁。

“你现在好吗,潘格尔我的孩子?”

可是潘格尔却用好斗的目光怒视着他,他有自己的麻烦,碰到了一些事。

“还能怎么样?”

乔斯林用几乎是正常的语调说话。

“我跟营造商说过了,你和他们和解了吗?”

“我？从来没有。你说了一句真话，神父，他们玷污了一切。”

“他们放过你了吗？”

潘格尔毫无表情地回答。

“他们绝不会放过我。他们盯上了我，把我当傻瓜耍。”

为了驱邪，他口里重复着那句老话，就像脚总是走在熟悉的路上似的。

“我们只能这样，我们都得容忍他们。”

潘格尔已经走开了，突然又转过身来。

“那你为什么不用我们，我和我手下的人——”

“你们干不了的。”

潘格尔张开嘴想说话，却又闭上了。他站在那儿，费力地怒视着乔斯林，他的嘴角抽搐了一下。如果放在不那么虔诚和坚定的人身上，就会像是嘲弄。在他们之间，悬着没有说出来的话。他们也都没法说，谁也没办法。面对着淤泥、洪水、浮筏、那高度，还有细石柱，这根本就办不到。

“他们让我们都受不了，我的孩子，这我承认。我们要耐心。你不是说过这是你的教堂吗？说这话有傲慢之罪，但又是忠心、尽职的表现。绝不要认为你不被理解，不被重视，我的孩子。他们不久就会走的。到时候，你会有儿子的——”

潘格尔的嘲讽消失了。

“他们要去守护并珍爱的教堂要比这里壮丽得多。想想看，伙计。在这中间将要升起这个”——他情绪激昂地拿出尖塔——“他们也会告诉他们的孩子。‘这是我们的父辈在世的时候建的。’”

潘格尔弯腰屈膝，横拿着扫帚，扫帚颤抖着。他瞪着眼，皮肤从闪着微光的牙齿那儿往后缩。好一会儿，他就那样站着，凝视着乔斯林热情洋溢地举在他面前的尖塔。然后,他竖起眉毛,朝上看。

“你也把我当傻瓜吗?”

他转过身,一瘸一拐快步走进了南耳堂,进入他的王国时重重的关门声在教堂回响。

一个抡大锤的工人在屋顶上干着活,砰,砰,砰。刹那间,碰门的声音、大锤砸下的声音、臭味、对往事的回忆以及一阵阵难以名状的情感之潮,好像就要将乔斯林吞没似的。他喘息着,他知道该去哪儿寻找新鲜空气,他的双脚拖着他往那儿走,一路跌跌撞撞,直到他双膝跪倒在圣坛那柔和的烛光前。他凝望着那烛光,口张开着,充满期待。

“我以前不知道。”

然而,那光的圣洁却不可企及,似乎是在无比遥远之处的一扇小门。他跪着,浪潮激荡,心灵飘荡在其中。不知不觉中发生了变化,他发觉自己在往下看着地面砖上纹章野兽图案。离他更近的是人,是四个人——他又颤抖了——他们是罗杰和雷切尔·梅森,潘格尔和他的古迪,就像教堂的十字中心的四根石柱。

接着,颤抖使他抬起了头。他凝望着暗中带艳的那一层窗子。圣坛上的烛光一分为二,每一只眼睛里都闪着烛光。

他悄声说着。

“尔果遣尔之天使,赐吾勇力耶。”

可是没有天使,只有心潮,涡动着,驰骋着,燃烧着——一种邪恶急剧增长的恐惧,从降生之时到老聩之日,贯穿着那可怖而错综的力量。

“主啊! 主啊!”

在那无尽的远处,光汇聚成一片;他倚在门边,期盼着。可是,那四个人却在他身后取代了天使,舞蹈着、喧嚷着,光又悄悄地散开了。然后，只剩下两个人，帷幔中的她和他。在极度的悲哀和愤慨之中，他闭上眼睛，为他心爱的女儿呻吟着。

“主啊，以尔之仁慈，赐其以力量，赐其以安宁——”

接着，一个念头跃入他的脑海，活生生的。它恰似长矛刺入其中。有时，他紧闭双眼，伤心、茫然；有时内心毫无感觉，脑海里一片空白，只有一个想象，似乎是创世至今一直存在的想象。他的内心毫无感觉，除了那个想象其他什么也没有。因此，他又一次感受到了躯体的压力。他的胸口似乎压着重物，沉甸甸的，双臂疼痛，右颊也痛。他睁开眼，发现自己紧抓着尖塔，右脸颊压在尖塔附近的尖角上。地面上的地砖又一次出现在他眼前，每块砖上画着两头纹章野兽，它们带爪的脚抬起，准备攻击，蛇一般的脖子缠在一起。在某个地方，也许在这些砖的上面，也许是在天使曾经驻足的地方，也许是在他那无际的脑海里，有一幕场景就像一幅画似的。那是罗杰·梅森，在梯子上转过半边身子，无形的绳子把他拉向伏在墙边的那个女人。那是古迪，转过来半个身子，眼睛连眨也不眨；她感觉到绳子在拉动，摇着头，既惊恐又充满渴望。古迪和罗杰都在帷幔之中，他们走到哪里，帷幔就随着伸向哪里。这情景是如此清晰，几乎像是写在画上似的，那就是想象。它太可怕了，无法去感受；他只得以一种完全超脱的态度去审视，尖塔的角在他脸上留下了印痕。它太可怕了，能平抑其它一切情感，他的双眼在审视着眼前地面上连在一起的动物时，他必须赋予它语言。

“她将让他留在这里。”

然后，他站了起来，没有去看烛光，而在某种惊人的安静之中慢慢走向十字中心。他来到支架旁，模型此刻正仰放着，他把尖塔用力压回四方形孔里。他沿着中殿走了，走到对面的教长宅邸，他自己的地方，有时候他会好奇地细细看着自己的双手，一边严肃地点着头。直到那天深夜他才又有了感觉,一有感觉,他就猛地跪下,泪水流了出来。最后,他的天使来了,温暖着他,使他多少感受到了慰藉。那景象,那想象也不再是难以忍受。天使陪伴着他,他在睡前说:我需要你!今天以前,我并不真正知道是为什么。饶恕我吧!

天使温暖着他。

然而,似乎是要让他谦卑,撒旦获准在夜里用一场毫无意义、毫无希望的梦去折磨他。乔斯林似乎感到自己仰面躺在床上;接着仰面躺在沼泽地里,又被钉在十字架上,他的双臂就是耳堂,潘格尔的王国靠在左边。人们过来嘲讽他、折磨他,雷切尔、罗杰、潘格尔,他们知道教堂没有尖塔,也不可能建成任何尖塔。只有撒旦自己从西边腾起,浑身上下除了头发,什么遮掩也没有。他站在中殿顶上干着,折磨着他。他在沼泽地的温水里痛苦地扭动着,他大声喊起来。黑暗中他醒了过来,充满厌恶。因此他惩罚自己,狠狠抽打了自己七次。为了天使的尊严,狠抽自己的背部,一次抽打一个魔鬼。随后,他睡了一个没有梦的安稳觉。

第四章

从那以后，乔斯林异常地忙碌起来。他打上绑腿，骑上马，溅着水驰过泥泞的道路，到他管辖的乡村教堂，考核教区神父，并向那些面容憔悴的教徒布道。他在城里的教堂布道，他是这些教堂的领班神父。在圣托马斯大教堂中殿的中部，他站在高高的楼廊布道坛上讲道。人们站在下面，仰起头，围成半月形。他发现自己正急切地谈到尖塔，攥紧的拳头轻轻地、轻轻地捶在石头桌上。人们呜咽着，捶打着胸脯，不是因为他们听懂了他说的话，而是因为他说得那么急切；还因为当时正是大雨、洪水、死亡与饥饿肆虐之时。那天上午，他回到教堂，雨被风吹跑了，他终于看清了整座教堂。现在它是个正常的、实在的东西，长达数十英尺，又宽又高，既不壮观，也没有威严。他又抬头看那冷冰冰的天空，可是天空关上了。他只得走进教长宅邸他的房间里，从小窗那儿凝望着教堂，因为窗户对视野的限制有时候反而使他看到的更为集中，更为醒目，就像框架内的一幅画似的。可是教堂仍然是空荡荡的一座建筑。虽然他心知那只是一个幻象，教堂却似乎也已经下沉。在墙脚下的水沟外，土被水泡胀了，顶得杂草破土而出，石板因此像是压进土里似的，给人的主要印象是：它似乎不是上帝的雄伟景观之一，而只是人类建筑的重负之一。他想象中的尖塔似乎很遥远，就像一个孩提时代的梦似的。他一想到安塞尔姆——老人是孩提时代的一部分，就想起告解这件事还悬着，悬在他的心上。他恼怒地哆嗦了一下，咬着牙对着天空说话。

“我干的是主的工作。”

这时,艾莉森夫人又来了一封信,他还是置之不理。

还好,风带来了变化。它吹散了乌云,把教堂内的臭气从开着的门那儿清了出去。水开始回落,留下腐烂的和破损的东西,也留下了可供行走的小道和坚硬的、能过一辆马车的道。他朝西前门走的时候,看见兽状滴水嘴已经不滴水了,一动不动地等待着,嘴大张着,等待着随后到来的什么。他喜欢站着,出神地想着那些巨人是如何精确地、富于灵感地建起这教堂的。滴水嘴像是石头铸成似的,又像是石头上冒出的疖子、脓疮,去除了肌体的疾病,通过它们自身的毁灭,确保了整个肌体的纯洁。现在雨停了,他能看见绿的、黑的青苔和地衣,因此有些滴水嘴看上去一副病态。它们将无声的亵渎和嘲弄吼入空中,却又静得像在地狱中死亡那样。圣徒和殉道者们、名人和忏悔者们,在西端漠然地熬过了冬天,安然地风干了,就像他们现在漠然地等待着阳光似的。

他开始感觉到体力似乎是恢复了一点。当他想起自己的工具罗杰·梅森,想到女人们围在他身边时,他就可以对自己说:“她是个好女人!”并觉得这样就够了。情况在好转。教士大会上咳嗽声少了,只死了一个人。死的是老迈的秘书室教士,他颤巍巍地走完了最后一道门。这是慢慢来临的正常死亡,履行了所有得体的仪式,因而是值得高兴,而不是悲伤的事。除此之外,新来的秘书室教士年纪很轻,也缺乏自信。似乎在一眨眼间就到了这种时候,回廊上的帘子都取了下来,唱诗班的男孩们来到户外玩耍,还要爬到那棵大杉树上。一天上午,他走过西门,突然发现教堂内又挤满了人。人们来到这儿,睁大眼睛看着十字中心下边的坑,看着穹顶上的洞。水已经退回到河里,天空中一片片蓝,十字中心下边的坑里水也退了。因此,当罗杰·梅森放下蜡烛时,反光也没有了。工人们高兴起来,吹着口哨爬上东南石柱旁边脚手架中的梯子,走进通向楼廊的旋梯。他们回来时空着手,拿着空的灰浆桶和筐子,吹着口哨唱着歌出现在眼前,满不在乎地、像石碑上的肖像一般在大斋节的严肃气氛中走过。不管乔斯林如何向罗杰·梅森抗议,工人们还是闹声不断。在北耳堂外的棚子里,削着木头,穹顶上乒乒乓乓闹声不绝。大斋节是乔斯林作准备的时间,他知道自己不久就要去奋战了。顾了这一点,他发现自己在那些快乐的工人面前就无能为力了,就像一个赶了太多鹅的姑娘一样。他无可奈何地听着歌,无可奈何地看着十字中心到处有人学潘格尔的样子,无可奈何地看见帷幔之中的罗杰和古迪。

但是,他仍然在说:"我在做着我主的工作!"

随后的一天上午,他走进教堂,(永久的门户,你们要被举起。)站在臭气已经消失的坑边,他听到穹顶的闹声变了。他头朝后用力仰着,看到了一眼天,它正对着他,激动人心,难以置信,精彩无比,是蓝色的。正如他那扇有着四边的小窗有时候使他看到的窗外景物更为深刻,更为强烈那样,在小孔周围的屋顶使得这一瞥无比珍贵。上边,他们正把铅皮卷到椽子上。蓝天变宽了,变长了,将天地连成一体。就在那上边,总有一天,即将到来的一天,几何图形将在刹那间成为一幅无限的画面。他头朝后仰,口张开着,眯着眼,眼里流着泪。他看到工人们忙忙碌碌的身影。那些人叫干什么就干什么,却不知道自己究竟在干什么。他看到一刃白云遮到蓝天边上,又飘走了;听到雷切尔唠唠叨叨走了过来,却没去理会她说的,也没有注意她呆了多久、后来又去了哪儿。他站着,脖子酸痛却顾不上,兴奋得像个在花丛中跑过的孩子,直到那不断拓宽的一片天变得模糊,变成了闪光的瀑布。最后,他放松了一下脖子,回到地面上交织的光中。窗口透进一条条蜜黄色的光,脑海里缥缈的光影游弋,与天空中残留的影像互相推挤。

从那时候起，每当工人们在屋顶上干活的时候，天空就直视着那无遮掩的、充满期待的坑。随后露出了架在上边的椽子，破坏了豁口的画面，后来这些椽子也被一根一根地拆除了。工人们用雪橇拖来一块硕大的柏油帆布，顶上滑下来绳索，绳子拉着油布，伴着歌声往上吊。工人们停工的时候，油布遮住了天空，虽然有时候雨点也嗒嗒嗒地落在上边。一阵大雨，像唱诗时的脚步又像呼吼。天晴时，工人们又会回来，展露出晴空。每一天，营造商都要来察看这个坑。有一次，他亲自走了下去，上来时一脚的泥，头摇个不停。他什么也不说，不过这并不要紧，因为雷切尔将交互作用的结果告诉了每一个想听的人，也告诉了一些不想听的人。

大斋节一天天过去，复活节临近了，有人抱怨说屋顶上的吵闹声波及到了圣母堂。因此，乔斯林意识到应该是教长自己爬上去，亲自去了解情况的时候了。他吃力地、小心翼翼地沿着一处旋梯往上爬，最后从拱顶那里走了出来。从那里看，一百二十英尺之下的坑洞只不过是个黑点。他站在一个宽宽的四方形之中，周围都是饰墙，空气新鲜，阳光充足。他小心地在令人眼花的木料和石料之间行走着，探出身子看。下面就是回廊中间的方形空地，杉树在院子中间耸起。唱诗班的有些男孩在草地上玩捉人游戏，有些在拱廊的窗台上专心地下棋。突然，乔斯林似乎觉得他能够无拘无束地带着喜悦的心情去爱每一个人。他激动万分。他头伸进来的时候——一只乌鸦在离他几英寸的地方飞过——他发觉了更令人激动的事。他看见自己站在新铺的石板上，石板绕四方形平台一圈。一个石匠在抹灰浆，灰浆颜色淡得像蛋白似的。乔斯林十指交叉，仰起头，心想着男孩们、哑巴、罗杰·梅森和古迪，发出一声惊人的欢呼："尽情欢乐吧，耶路撒冷的女儿们！"

复活节来到了。圣母堂的气氛特别明显，祭坛帷幔换成了原色的幔布,预示了节日的到来。蜡烛是原色的蜡做的,教徒们驱车外出,墓地正等待着天使的宣告:主复活了。然而在十字中心,只有彩色玻璃画与光媲美。复活节则是以另一种形式出现,吵闹而充满阳光。

这以后,墙砖一层层地迅速往上砌,当乔斯林从窗口往那儿看时,已经能看见白色石块高出了饰墙。不久,还在上升着的四方形上也长出了脚手架,一架梯子,两架梯子。来自伊沃的树林里的椽子穿过西北耳堂墙洞运进了教堂。绳子放了下来,把它们像箭一样一根接一根吊了上去,人们都闪开了。乔斯林想去看看出了什么事,但是营造商止住了他。当他最后终于又爬上拱顶时,他看见伊沃的椽子——或者说他父亲的椽子——已经在原来的屋顶处四边搭成了基架,准备在上边铺上面板。在这当中有一块四方形缺口,所以在这地方天地依然相通。四边的石块高低不平地往上砌,留下了一些缺口,乔斯林明白现在已经砌到窗口了,已经五十英尺高。窗子用于塔的采光。

圣母堂摆着花,苍白的脸越来越多,孩子们唱着悦耳的赞美诗。伊沃来了,穿着长袍,将要成为教士。在三位主事面前,他念《圣经》,也许是背诵。这很难分清,因为他念了“我们在天上的父”和“万福马利亚”;但是新来的秘书室教士说,伊沃现在念得很好了。这样,就职仪式就在画有圣奥尔德赫生平的那些小窗子上透过来的阳光下举行了。乔斯林坐在他的神父座位上,感觉到塔在上升。他等待着伊沃,伊沃的举止不失尊严。最后,乔斯林在圣母堂的西边见了他,握住了他温暖的手。接着是询问,接受职位,牵手引导,临时安排座位;最后,在烛光与鲜花中,祝福平安的亲吻。

随后,伊沃又回去打猎了。

这整段时间,空气和土壤不断风干,接着尘土又来了。细心安排好的对策被巧妙地搁在一边，因为潘格尔和他的清道夫已经失去了信心。残留在中殿和侧廊的泥浆干了，吹积成堆。从十字中心上面四方形的豁口掉下来更多的灰尘。这里一小堆，那里一小丘。束束阳光投在尘埃上，闪亮着，墓碑上附着薄薄的一层灰尘和石屑。在中殿石柱之间的石板上，静静躺着的是穿着饰有纹章的盔甲的十字军骑士，他们的盔甲已经失去了往昔的光彩，成了肮脏的锁子甲，又像是粪便色的金属盔甲，好像他们当时当地就在厮杀中被打倒了似的。在木架帆布屏障的这一边，教堂就像马厩或像空荡荡的农产品仓库似的世俗。要建的似乎就集中在十字中心上那漏斗状的东西上。脚手架沿着内壁往上架。因此，从十字中心往上看，就像从烟囱里往上看，看到有条不紊的小鸟在筑巢似的。绳子下垂着，平台使那四方形的天空变小了。立柱好像要碰在一起似的，梯子斜放在上下两层之间。这一切都由工人们不断地连接起来。春天的欢闹气氛消失了，留下的只是静默与专注。在教堂内他们吵吵嚷嚷，满不在乎。现在身处近二百英尺的高空，他们各自的活计占据了他们的注意力，传来的声音大都是敲打、切削、磨擦、刮磨的声音。有时，在去圣母堂做弥撒或者去默念的途中，乔斯林会停下来，眯着眼往上看，看着某个工人脚步沉重地走过颤悠悠的木板，木板架在某个转角处令人目眩的高空中。有时候，他会顺着潘格尔王国的一块石块往上看，看着石块在灰砂斗中一层一层上升，或者吊在一根线上晃上中心。他看着营造商吃力地、小心翼翼地一层层往上爬，腋下夹着丁字尺，腰上挂着铅锤。他还带了一种测量仪器。仪器是金属的，中间钻了一个小孔；每过一小时，他就要沿着墙测量，或者一个角一个角地测量。每当他使用丁字尺或测量器的时候，总是要从相反的方向再测量一次，然后放下铅锤。这样至少有两名工人没事可干。乔斯林看到这种怠工，总会感觉到自己恼怒得屏住了呼吸，直到有他职责范围内的事务,如无名神父带来了信,将他带回到大千世界为止。只要一有可能,他又会回到十字中心,站在那儿,眯着眼朝上看,激动地喊叫着,使得那个为乔斯林教长雕四个头像中第三个的年轻人头痛不已。

有一天,他停下来,看见人们在屋顶上三五成群地争论着。他看见罗杰·梅森又哄他们,又说好话,又故意发火,有时又好像是很理智。磨了几个小时,工人们又慢慢地干了起来。随后营造商和贾汗下到地面上干活。他不耐烦地将乔斯林推到一边,将一盘盘的水放在地面上,在盘里塞满薄薄的小木片,目测着这些。他在十字中心的四根石柱上都刮了道痕,在刮痕处画上了粉笔标记。从那以后,他至少一天两次看着这些标记。比如,他会站在南耳堂的一扇门边,眯着眼轮番看这些标记,寻找它们在盘中的倒映。当柱子上的粉笔标记消失之后,他就会再标上去。

兴冲冲走过十字中心的乔斯林却会笑着,对着罗杰摇头,有时候朝他喊着。

"什么!还是没有信心吗,我的孩子?"

营造商从不答腔,只有一次几乎要开口了。那是在乔斯林的天使给他以强有力的慰藉之后,乔斯林觉得:假如有机会,他可以用自己的双肩撑起整个教堂。他回头走过中殿时(古迪也匆匆忙忙朝这儿走来),迫切想要传递他的喜悦,就向盘子后边的罗杰喊了起来。

"你看,孩子!我告诉过你的——它们不会沉的!"

罗杰·梅森张开嘴,却什么也没说,因为他看见了古迪匆匆走过北侧廊。显而易见,营造商看到她就把他给抛在脑后了。他只好沿着中殿走了,他的喜悦似乎在边缘上失去了一点光泽。

雷切尔在这时候也是个碍事的。乔斯林往上看时,她就要和乔斯林站在一起，不看上面，却秉性难改，说着话，饶着舌，打断别人的话，最后惟一能对付她的一招就是不予理睬。她恐高，她说，这使她很苦恼，因为罗杰这么多的工作都是在危险的高空中干的。不过，她还是等待着罗杰上去，又等他下来；当他们都在地面上时，他们又形影不离了，远离了周围的一切。每当乔斯林看到这情形，他就会恐怖地退缩，心想假如不是因为了解他们那污秽的、滑稽可笑的事，他们看上去更像是兄妹，而不是夫妻。他皮肤棕黑、脾气暴躁、块头大，却很狡诈；她脾气暴躁、皮肤棕黑、强悍、爱管闲事。潘格尔一点一点地朝墙上杵，有时候忧郁地靠在扫帚上站着，要不就一瘸一拐地逃避嘲笑他的工人；古迪·潘格尔从十字中心走过——不过她还可以走其它的路回家——尽力低着头，不往上看；罗杰·梅森在测一个粉笔标记——有时候，乔斯林为自己而吃惊；更确切地说，是他心灵深处某个黑暗的角落使他吃惊，迫使他嘴里发出毫无逻辑意义的、又似乎直接与喜悦或不安有关的话。

“接下去还会有更多。”

然而，他那有逻辑的头脑又会理顺关系。他会走开，点着头走向教长宅邸，等待着他的天使。天使给他以慰藉，可是没有指点。

六月来临了，乔斯林走进教堂，头在发痛。头天晚上，与天使的接触时间特别长，特别有意义。他想着，开头是胆怯的，然后是自豪的，接着又是心虚地没完没了地回顾，令他茫然不知所措，也许这是由于他不顾所有的反对意见去建塔，成功地建了一层窗户高。接着，他意识到天使来提醒过他。因为魔鬼获准用一种特别令人憎恶的方式来对付他。因此，他早晨醒来时，回想起睡眠的最后时刻，真是充斥着污秽狂暴的幻象。他尽早过来，要来祈祷。天已经亮了，他估计能看见工人们在干活。可是，那布满尘埃的工场上静悄悄的，没有一个人影。他来到十字中心干燥的坑道旁，眯着眼睛往上看，一道火光似乎穿脑而过，伴随着一阵头痛。他看到烟囱内的巢穴里一只鸟也没有，绳索在阵风中缓缓地荡悠。其它一切都是静止的，只有一片淡红色的云在豁口上方缓缓飘过，最后这闪亮的一片遮住了豁口。他目光看回地面，一种无言的担忧使他快步走向潘格尔的王国。那小屋也是静悄悄的，切割玻璃的工作台上空空如也。他回到教堂，急匆匆地走过响着回音的十字中心，走进北耳堂，好从墙洞那里窥视，看看围地那儿有没有工人。他看到了工人们。他们挤满了原来堆着椽子的棚子，整个冬天椽子都放在那儿风干。入口处站的是女人，一声不吭，一动不动。再往里是男人，他们站在还没有搬走的椽子上。最远处是罗杰·梅森，背靠棚子的另一个出口，头和肩膀黑乎乎的。他在说话，不过声音不大，乔斯林这儿听不见；而且还有闹声，男人们还动来动去。

他吃力地看着墙洞周围粗糙的边缘，头一阵阵作痛，却满有把握而又不无懊恼地点着头。

“他们想每天加一个便士。”

他走回圣母堂，东边的窗户热闹起来了。他为工人们祈祷。好像他的祈祷把他们召来了似的，他听到了他们的声音。即使是在完全定下心来之前，他也听见了工人们吵吵闹闹地来到十字中心干活了。他想到魔鬼的邪恶，厌恶地抽搐了一下，为这不听话的器官而苦恼。然而十字中心的闹声，以及自己对往事的回忆，却很难置之不理。他不知不觉地跪了下来，下巴搁在手腕上，什么也没有看，想着那些事，却没有祈祷。现在有了危机，他想，我必须勇敢去面对。

突然，他蓦地惊醒过来。哑巴站在他身边，没有系围裙，手上也没有石雕像，无知的嘴里却发出唔唔声。他甚至把手放在乔斯林身上，要拉他；后来又跑开了，跑回到十字中心的纷乱之中。

看着哑巴在他一阵阵的头痛中消失，乔斯林心想：我必须去找他们。

他大声说着。

“我吃得太少了,斋戒使我筋疲力尽了。我是什么人?怎能去克制要尽职的躯体?”

他听到十字中心那边的喊叫声,急切的叫声使他迅速地站了起来。他匆匆沿着走道走去,然后站定,在十字中心的光亮中眨着眼。他疼痛的头上双眼朝外看,阳光产生了一片片光晕。他拼命调动意志力,皱着眉,光晕消退了。开头他分不清问题在哪里,因为雷切尔缠着他喋喋不休,他又只得耗费了一些意志力将她撇在一边。所有工人都在十字中心,他们所有的人。除了雷切尔,女人们都聚集在北耳堂。然而,他进去后的几秒钟内,他看到了更多的人加入进来,几声耳语,然后又像其他人一样一动不动,神情紧张。这就像幕间所有的乐师都集中在一起,一动不动地站着,等待着鼓声响起似的。古迪·潘格尔、拿着扫帚的潘格尔、贾汗、哑巴,还有罗杰·梅森都在那儿,他们好像是钟面上的人像,作出各种机械运动的姿态,等待着报时。他们围成了一个不规则的圆,圆心就是露天的坑。虽然乔斯林在生病,易动肝火,他还是看出了这个制作的精巧之处。靠他这一边,一块金属板架在支架上,阳光照在上面,径直反射到坑里。贾汗和营造商蹲伏在坑的那一头,往下看着。

乔斯林快步向坑边走去,雷切尔在他旁边唠叨个不停。他一走到坑边,营造商就抬起了头。

“全部退后——快!快退到耳堂去!”

乔斯林张嘴要说话,罗杰却严厉地低声向雷切尔下命令。

“你——别挡住光!到教堂外面去!”

雷切尔走了。罗杰·梅森又将头伸到坑边。乔斯林跪在他旁边。

“怎么回事,孩子? 告诉我!”

罗杰·梅森继续注视着坑里。

“看着坑底,别动,看。”

乔斯林手撑着往前靠,好像是一股热水压了过来,从他的脖子冲向脑后,他好不容易才没有喊出声来。他紧闭双眼,等待着一阵阵的恶心和疼痛从眼里消失。身旁,他听见罗杰在低声说话。

“看到坑底。”

他睁开眼,反射到坑里的阳光不刺激眼睛。它平静,与世隔绝。他看到沿着坑壁往下的不同土层。最上面是石头,有六英寸,就是他们跪着的石板;似乎悬在这一层下方的,是拌着石灰的碎石。往下是一至两英尺的毛茸茸的东西,像是压碎的或者是磨损的树枝尖。再往下是黑色的土,布满卵石;最底层是更黑的一片,卵石更多。可看的东西很少,不过从金属板上反射下来的柔和的光充满宁静;谁也没有弄出什么声音。

乔斯林正在看着,突然看见一块卵石连同两片泥掉了下去。马上,一大片土,大约一码见方也从他下面的坑沿掉了下去,掉在坑底发出轻轻的“嘭”的一声。一同掉下去的卵石在反射的阳光下发着幽光,落在新的土层里。他看着这些卵石,等待着它们完全落定,后脑的头发却竖了起来,因为这些石头从来就没有完全落定。他看见一块卵石在动,好像是突然躁动起来;接着,他看见它们多多少少都在慢慢地动,就像蛆在里面动似的。土地在蛆的下面移动,把它们推到这推到那,像是锅里的稀饭就要开了似的。蛆只好在上边爬着,就像灰尘在被敲击着的鼓上面动着似的。

乔斯林突然伸出一只手,对着坑底做了一个防卫动作。他看了罗杰·梅森一眼,他正注视着那些蛆,嘴唇紧闭,皮肤透出黄白色的光,不过那不完全是反光。

“怎么回事,罗杰?怎么回事?”

某种生命形式;某种不应该被看见、被触及的,地底下的黑暗,翻动着,冒着泡,就要开了。

“怎么回事?告诉我!”

但是营造商仍然瞪大着眼睛往下看着。

世界末日上来了;或者下边就是地狱的屋顶。或许是罚入地狱的阴魂在动,或许是那些没有鼻子的人在翻身,在往上冒,或许是富于生命力的、异教的地球终于挣开了锁链,正在醒来,圣母啊。乔斯林看见一只手伸向他的嘴,马上剧烈地痉挛起来,一次又一次不停地痉挛。

在西南角的石柱旁传来一声尖叫。古迪·潘格尔站在那儿,筐子还在她的脚边滚来滚去。在通向隔开高坛的木架屏障的台阶下,传来蛮横的“啪”的一声;乔斯林轻手轻脚,退缩着,看到一片片石头蹦了过来,就像碎冰块在池塘表面的冰层掠过似的。一块像他的巴掌一样大小的三角形石块滑到坑边,掉了下去。和石头一起掉下去的还有一些别的东西。难以忍受而又难以令人置信的紧张使他两耳轰鸣。它不知从何而来,无法定位,但却在中心和边缘同时鸣响,同时刺激着双耳。又一块石头砸了下来,一块弹起的碎片“乓”的一声打在金属板上。

突然,喧闹声像开了锅似的,人们在叫喊,在诅咒,在尖叫。人们在跑动,这跑动一旦开始就来势凶猛,无法控制。离开十字中心的办法很多,可是该怎么走,似乎没有哪两个人的想法是一样的。正当乔斯林站起身,匆匆退离这个坑时,他看见了手、脸,还有脚、头发、布和皮革——看了一眼,来不及看清。金属板“嘭”的一声掉了下来。他被猛推到一根石柱和一张嘴巴旁边。可这又是谁的嘴?在他身旁尖声叫着。

“地面在动!”

他抬起手遮挡,营造商像是在哪儿喊着。

“别跑!”

所有的闹声奇迹般地消失了,只剩下紧张而高声的、疯狂的轰鸣。轰鸣消失后,营造商又喊了起来。“别跑!我说了‘别跑’!快去拿石头,什么石头都行——填上坑!”

闹声又响起来了,不过这一次像是喊着号子。

“填上坑!填上坑!填上坑!”

乔斯林靠石柱蹲着,人群纷乱走过,又四散走开了。我知道该干些什么了,他想,这就是我的作用。有人回来了,走在前头的人一双手捧着乔斯林教长的头像,扔进坑里。他轻手轻脚地绕过石柱,走上走道。他没有去圣母堂,反而走到了高坛前,跪在一个位子上,尽可能对着拱顶石的下方。石柱的歌唱刺痛了他,他咬着牙,攥紧拳头与之搏斗。他的意志力在猛烈燃烧,他将这熊熊燃烧的意志力插进四根石柱里,以脖子、头和背的疼痛,将它夯实。在朦胧之中,迎来一轮轮、一道道的闪光,让它们尽情地刺痛着他那睁大的双眼。他的双拳放在面前的座位上,但是他根本就没有注意。在昏乱和失控状态中,他觉得这也是一种祈祷!因此他跪着,僵直,疼痛,持久。石柱的歌唱在他的脑海里响个不停。最后,当他对其它一切都无法理解时,他却明白了:整座教堂的重量都压在了他的背上。他就这样一动不动,直到没有时间的存在,什么也看不见。当他困惑地感觉到两个影子出现在眼前时,才意识到自己是去哪儿游历回来了。他看着周围一道道的光。这些光更亮了,在眼前飘过,不再颤动。他这时才看清那两个影子是自己的双拳,仍然紧紧地压在原来放手的木座椅上。他意识到缺了点什么,惊恐得张大了嘴,最后才察觉是石柱停止了歌唱。也许是它们已经完成了对他的脑子所要做的一切。他从拳头那儿看过去,罗杰·梅森站在身旁,略带微笑,等待着。

"神父。"

乔斯林一下又回到了现实世界;不过没有完全回来。改变的太多了,重新安排也太多了。他润了润嘴唇,放松了攥紧的拳头;然而,在他的心中却有着放松不了的东西。

"怎么样,罗杰,我的孩子?"

罗杰·梅森更加随便地笑了。

"我一直在看着你,等着你。"

(你能看见我的意志如何燃烧吗?蠢人?我和他斗,他没有赢。)

"你需要我的时候,我一直是在的。"

"你?"

营造商双手放在脑后,将脑袋向旁边歪了歪,好像要挣脱什么似的。事情就是这样了,乔斯林想。它让他自由了。他觉得它让他自由了。他无法看到,也不知道。此刻,他内心有一种自在的感觉。

营造商放下了双手,若有所思地点了点头,似乎是承认这一点有理。

"好吧,神父,我从来就没有否认你的兴趣——甚至你的热情。你当然不明白。可是,事情自己解决了,不是吗?从某种程度上来说,我很高兴。不对,不是某种程度,而是所有方面。事情都集中到这一点上来了。"

"哪一点?"

罗杰·梅森轻松地笑了,在昏暗的高坛,就像一个死人似的。

"这样要求是合情合理的,我们现在必须停下。"

乔斯林的嘴唇在微笑。他看着远处的罗杰,他很渺小。现在,他想,我们走着瞧吧!

"好吧,把你的意思说清楚。"

营造商看着手巴掌,将灰尘拍掉。

"你和我一样清楚,教长大人。我们已经尽可能建到最高点了。"

他对着乔斯林微笑着。

"不管怎么说,你们至少完成了一个窗框、一个窗子。你可以在四个角落各建一个小尖塔,还有四个乔斯林教长的头像——顺便说一下,我们还得重新雕一下——每一扇窗户上边一个。我们盖个铅皮层顶,你可以在中间放个风信鸡。再往上建,地层又要动了。你瞧,你当时是对的。甚至对于当时那一代人,这也是不可思议的,但是下边没有任何基础。没有什么有用的,有的只是泥。"

乔斯林关注着背部的负重,以及天使回来的预兆,他在椅子上坐直了,十指交叉放在腿上。

"怎么样才能让你满意呢,罗杰?我是指按你们这一行业的规程,怎么样才能使尖塔安全?"

"我办不到。这么说吧,我一点办法也没有。要是你有这世上一切的时间和金钱,不用说也还得有办法和技术——那也行;我们可以将教堂一块石头一块石头地拆下来。我们可以挖一个四边都是一百码长的坑,假定是四十英尺深,那么我们就可以用毛石填满它。但是水肯定首先就会进去。要多少人,舀掉多少桶的水?再想想中殿,那段时间一直在烂泥的悬崖边缘上!明白了吗,神父?"

乔斯林移开目光,透过脑际的火光,看了一会儿圣坛。就是这么回事了,他想,这就是一个人如何奉献,并且使这种奉献被接受。

"你不是一个敢于冒险的人。"

"我已经冒了最大的危险。"

“还是远远不够，你的信念到哪儿去了？”

“不管信念不信念，神父，我们已经到了头了。就这么回事。”

当意志与某一种无限的、无尽的意志相关联的时候，感觉就是这样的。

“终于承包到了工程了，罗杰。在马姆斯伯里，是吗？”

营造商毫无表情地看着他。

“随你说吧。”

“我知道是这样，你也知道。你想在那儿可以安安稳稳地过冬，你的工人还能有活干。”

“人总得活。”

突然，从十字中心传达室传来一阵闹声，使某种不愉快变成了恼怒。乔斯林闭上眼睛挡住它，愤怒地问：

“那是什么？”

“是我的工人，他们在等待。”

“等待我们的决定。”

“地动已经替我们作了决定！”

营造商粗重的呼吸接近了他闭着的眼睛。

“结束吧，神父，趁还有时间。”

“趁还有其它的活给工人们干。”

营造商的声音也带着恼怒了。

“那么好吧。你爱怎么干就怎么干吧！”

他感觉到呼吸走开了，赶忙伸出手来。

“等一等。等等！”

他十指交叉搁在桌上，额头轻轻地伏在手上。心想：很快我全身都将燃烧，我的脉搏将令人目眩。然而，这就是我的使命。

“罗杰？你在吗？”

“怎么?”

“我告诉你一件事。有什么能比兄弟、母子之间更亲密的？有什么能比手和嘴，思想和心灵更密不可分的？这就是幻象，罗杰。我想你不会理解——”

“我当然理解!”

乔斯林抬起脸，突然笑了。

“你理解，是吗?”

“不过也有这种时候，这时候幻象只不过是小孩在扮演什么。”

“啊!”

他摇着头，慢慢的，小心翼翼的；光在游移。

“那么你是根本不理解，一点也不理解。”

罗杰·梅森走过平滑的砖面，站着往下看。

“教长大人。我——钦佩你。但是那实实在在的大地说我们是错了。”

“它比实实在在的大地离脚更近。”

罗杰双手放在胯上，似乎是打定了主意。他声音大了起来。

“听着，你爱说什么就说什么，我已经为大家作出决定了。”

“那么，你是来通知我的。”

“我多少有点懂得这对你意味着什么。这就是我准备要解释的原因。你瞧，还有其它事情。它们让我陷进去了。”

“是帷幔。”

“什么帷幔?”

“不管它。”

“也许我被拴住了——可这工程没救了。我可以离开，马上离开，忘掉这一切，不管要付出多少代价。”

“冲破罗网。”

“无论如何,那只是游丝。谁又想过这一点!”

乔斯林仔细地注视着那张开着口的陷阱,朝着那只动物点了点头。

“只是游丝。”

“还有一件事。神父的职业对一个神父又意味着什么?有件事你有权知道,大人。你可以称它为建筑工人的名声。”

“让工人们在马姆斯伯里有更多的活干。”

“我在向你说清楚!”

“这样你就可以保住这名声,留住工人是吧。事情没那么容易。它们的代价大得多,罗杰。”

“那么好吧,饶恕我吧。”

古迪·潘格尔和雷切尔开始在他脑海里的火光中旋转。教士大会上所有的脸孔——我有一个幻象。只要我能做到,我会保护她的,保护他们所有的人。但是,我们每一个人都要自救。

“除了你,没有其他人能建这座塔,这是他们说的。你是大名鼎鼎的罗杰·梅森。”

“谁也干不了。”

从十字中心传来了一声愤怒的喊叫,然后是笑声。

“谁知道,罗杰?也许有一个更勇敢的人——”

执拗的沉默。

“你要我为你解除合同,这我办不到。”

罗杰咕哝着。

“那好,不管会发生什么,我反正已经决定了。”

逃离罗网,逃离怯懦,逃离这些小冒险。

“别急,我的孩子。”

他听到十字中心传来更多的喊叫声,营造商的脚开始在砖面上走远。他又一次伸出了手。

“等等。”

他听到那人停了下来，转过身来。我走到哪一步了？他晕乎乎地想着。我接着要干什么？我还能干什么？

“怎么，神父？”

乔斯林双手捂着眼睛，恼怒地回答。

“等一下，等等！”

他并不需要时间，决定已经自己作出了。他手捂着眼，感到一种病态的疑惧。不是因为尖塔处于危险之中，而是因为尖塔没有危险——从来没有被如此强有力地决定命运，牢牢地扎下根来，从来没有到如今非建不可的地步。正因为如此，他知道他该做些什么。

他开始从头到脚地颤抖，就像石柱开始歌唱时也曾经颤抖过似的。接着，像歌唱消失一样，颤抖也消失了，他一动不动、浑身冰凉。

“我写信去了马姆斯伯里，罗杰，写了信给修道院院长。我知道他心里在想什么。我让他知道我们需要你在这里多长时间。他会去其它地方找人。”

他听到脚步声快速向高坛中的他走来。

“你——！”

他抬起头，小心地睁开眼。高坛上已经没有多少光亮了，残留的光似乎都成了笼罩着每一件物体的光焰和光晕。它们笼罩着营造商，营造商双手紧抓着桌沿。他的双手紧紧抓住桌子，手在动，好像要把桌子扭开似的。乔斯林对着光晕眨眼，轻声说着话，因为他不喜欢说话声在他脑子里的回音。

“我的孩子，这样一项工作一旦决定，它就留在一个、一个人的心中了。那是件可怕的事，我现在才开始了解那是多么可怕。那是炼制之火。那个人也许多少了解一点这样做的目的，但是对所要付出的代价却一无所知——为什么他们在那边不能安静点？他们为什么不静静地站着等待？不，是你和我被选中了，要一起做这件事。这是极大的荣耀。我现在明白了，它肯定是要毁灭我们的。归根结底，我们是什么？只有我才会告诉你，罗杰，用我灵魂的所有力量。那座尖塔能够建成，一定会建成，就在撒旦的口中。要你去建尖塔，是因为其他没有人干得了。我想，他们在笑我；他们也许会笑你。让他们去笑吧，这是为了他们，为了他们的孩子。但是，只有你和我，我的孩子，我的朋友，我们折磨了自己又互相折磨，才会知道有多少石块、椽子、铅皮和灰浆用上去了。你明白吗？"

营造商瞪大眼睛朝下看着他。他不再与木头较劲，却抓着桌子，好像它是涡动着的海洋里的一块木板似的。

"神父啊！神父，——看在上帝的分上，让我走吧！"

我做我所必须做的。他绝不可能再像过去一样了，和我在一起就不能这样。他绝不会再是老样子了。我赢了，他是我的，是为我完成这项工作的囚徒。现在任何时候，锁都会锁住他的。

低语。

"让我走！"

咔嗒。

沉默，长时间的沉默。

营造商松开了手，在光晕中、在屏障那边骚动的闹声中缓缓后退。他声音嘶哑。

"你根本就不清楚我们干下去会有什么后果！"

他往后退，大睁着眼，然后在高坛的门内停住了。

"你根本不懂！"

他走了。

十字中心一片寂静。乔斯林心里想着：这不是石柱在歌唱。

它在我的脑子里。然而，一声暴怒的吼叫划破了寂静，他听到了罗杰·梅森在喊。我得走，他想，我得走，但不是去他那里。我得上床去。只要我能够走到那儿。

他抓住座椅，直起身来，他想，这是他的事，不是我的。让他——为我建塔的奴隶——去解决吧。他小心地走过高坛，走进走道。在台阶旁，他停了下来，靠在石柱上，头朝后，闭着眼，努力要积蓄力量。我必须从他们中间经过，他想，尽管他们在大喊大叫；他步履蹒跚地走下了台阶。

一阵笑声向他袭来，不过笑声不是对着他来的。闹声就像他脑海里涡动着的光一样，乱哄哄的。在那儿是一大片褐色短袖束腰外衣，紧身皮上衣，蓝色短袖束腰外衣，布绷紧的腿，皮行囊、胡子和牙齿。这一大片在涌动着、涡动着，喧闹声亵渎了圣洁的空气。他瞥了一眼仍然在地面上张着大口的坑，透过腿的缝隙看到这坑还没有完全塞住。他心知这是一场噩梦；因为事情一旦发生，就牢牢地留在了眼前，就像在道道闪电中看见了似的。他看到那些折磨潘格尔的人，用扫帚逼得潘格尔无法动弹。灾难来临前的一瞥中，他看到了一个工人跳跃着走向潘格尔，尖塔的模型猥亵地夹在两腿之间，向上翘。随后涡动着的人群、闹声以及野兽般的身躯把乔斯林重重地撞到了石头上。他看不见了，只听到潘格尔冲出人群。他听到他沿着南侧廊逃跑时发出长长的、狼一样的嚎叫，听到追赶着他的那一群越来越响的追杀声。他几乎没气了，却意识到哑巴正跪在他上方，沉重的褐色身躯掉落，翻动，重重地压在他的脊背上。他躺着，等待着那颤抖的臂膀弹开，等待着重力把他们两个人都压得粉碎。他也知道他看见的另一件事永远留在了眼前。只要是在黑暗中，不再思考的时候，那幅画面就会出现。那曾经是、现在是、永远都是古迪·潘格尔在西南角石柱边上，人潮从她旁边涌过。她的头发露了出来,垂落了下来。一边像是残破的红云罩在她的胸前,另一边是对半扎起的凌乱弯曲的辫子,一根绿色丝带松开了一半。她的双手紧抓着身后靠近臀部的石柱。她的衣服被手撕破了一个洞,肚脐线周围的肉露了出来。她头朝这边,一直这样,直到时光的终结,而他很清楚她在看什么。从帷幔出现的那一刻起,她就没有其它任何东西可看了——没有其它任何地方可以让那张苍白的,缩紧的嘴转过去,只能向着坑这一边的罗杰·梅森。他痛苦又乞求地伸开双臂,表示答应,承认失败。

哑巴的双臂弹开了。

第五章

当他在自己的屋里恢复了知觉以后，歌唱又开始了，虽然他已经忘记了它来自何方。因此，这歌唱令他忧心忡忡，迫使他将头转来转去。更糟糕的是，他被囚禁在脑袋里，里边只装了几件事。这几件事没完没了地要自己理出个头绪来，可是从来也没有理清。事情有时也会有某种转机，他知道这与他曾在哪个地方的一次会见有关，或许是在高坛和罗杰·梅森的会面。绿丝带扎住的红头发掉落下来，缠在一起，后边是石柱。这使他忧虑不止，因为无论他怎么努力，也无法再现头发后边的、那安详的女人。就像她一贯来的样子，安闲地走进西区，微笑着，当他祝福的时候停下来划十字。红头发出乎预料地从头巾体面的遮盖下冒了出来，像是在那以前一直在造成伤害，也许要将它抹去，或者每天都放新的东西挡道。所以他要努力再现那个女人和那安定的时光，却发现自己反而在看着那红头发。然而总会出现高声的歌唱，这其它一切都与它紧紧相连。

安塞尔姆神父浑身僵硬地来听他告解；但是他能记得的仅仅是他要换告解神父，因此安塞尔姆神父离开了。从那以后，乔斯林总是急匆匆地让人去传话，因为他以为工人们一定是停工了。但是，无名神父却带来了一个奇怪的答案。

“他们在静静地干活，干得很好，一点也没有惹麻烦。”

因此乔斯林明白了这项工作仍然不是由凡人主宰。

接着，他又问罗杰的情况。

“他们说，他这儿走走，那儿走走，像在找什么。可没有人知道是什么。”

"那女人呢?"

"她像往常一样跟在他身边。"

"我指的是另一个,红头发的那一个,潘格尔的妻子。"

"很难得见到她。"

羞耻,乔斯林想。还能是什么?她从帷幔里冲了出来,那些人看到了她半裸着身子,头发掉了下来。

无名神父又说话了。

"说到她的男人本人,潘格尔,他逃跑了。"

接着,乔斯林的脑袋向无名神父作了一番建筑材料成本的说教。这种说教有一种非同寻常的回到起点的性质,不管你像一颗行星似的走出了多远。说教过程中有些时候,那病态的脑袋进入了深深的、忘忧的睡眠。它醒来时,也知道身处何方,周围发生了什么。更重要的是,在睡眠中它得到了新的东西,是一股新的力量,似乎它到地面上不是为了恢复,而是为了得到修补。它显而易见,毋庸置疑,使老脑袋似乎比孩童的执拗强不了多少,我必须起来,他想。想到这他出门去了,摇晃着,笑着。他看见无名神父匆匆向他走来,便双手拍在这个小个子的肩上。

"不,无名神父!让我走!我有工作要做!"

说这些话时,要高声笑出两个音符,笑声连贯。接着,他走下楼梯,走进了九月的阳光,吃力地走过地面的空气,左右摇晃,似乎在艰难地走过高高的玉米地。他气喘吁吁地在西门边停了下来,打起精神,走了进去,新的确定感所带来的痛苦的幸福之焰在他的脑际燃烧。

他看见了十字中心的石柱,就想起了自己知道音符从何而来;他一想起这,音乐就停了,他的脑海就变得像石柱一样的沉寂。他在那儿站了一会儿,享受着这沉寂,在这沉寂中有点悟出了自己多多少少是个人。他意识到所有的琐屑事都已经被搁置一边，教堂事务、祈祷、忏悔等等；而某种结合已经势在必行：乔斯林与尖塔的结合。他看到营造商在脚手架旁和一个工人说着话，就艰难地向他们走了过去，有点儿喘。最后他终于在西北角石柱的柱基上坐了下来，背靠着石柱。工人离开了，手脚灵活地朝着塔的光亮爬去，乔斯林朝着营造商喊着。

"你瞧我回来了，罗杰！"

说出的每一个字，也形成了某种压力，最后必须要高声笑出两个音符来释放。他笑的时候，知道自己在笑，知道笑是不恰当的，但要采取有力的措施却为时已晚。笑声冲了出来，塔将笑声吸了进去。那不好，他想，我不能再那么干了。他又看了看罗杰·梅森，这时营造商却跟着工人们，一步一步吃力地爬上一架又一架的楼梯。乔斯林头向后仰着，看着他爬上那带着鸟儿图案的、直冲云霄的方形烟囱。他看到白白的石墙陡峭地立起，看到直立的一面面窗子，现在就有工人在一面面的彩色玻璃上布金属丝。这是天空中的一片新天地，阳光斜劈而过，因此当罗杰·梅森像头大熊似的向上爬的时候，阳光就在他身边盘旋。接着乔斯林意识到这部分是他头脑的力量在将营造商往上推，向上推，不停地推着，直到他凭着高超的技艺，将巨大的十字架吊上四百英尺高空中的尖塔顶端。可是，那顶上笼罩着云的轻飘飘的烟囱使他头晕。他只好低下头，擦去眼中的泪水，然后朝着脚旁边的地面眨眼。地面几乎被遮没了。碎石片、碎木片、刨花、裂片、石头的粉尘、泥沙，还有一块木板、一根像是破扫帚把的东西——所有这些都被随随便便地清到了石柱旁，铲到一边，中间清出了一块空地，在坑的上方又铺了地面。他被这景象激怒了，脑子里早就窝着那怒气冲冲的话——*潘格尔在哪里？*——这时他才想起她被抛弃了。他摩挲着前额，心里想那人不可能离开这座教堂,这教堂对于他来说就是一切。他会回来的,他想,即使这意味着要等工人们全部离开之后。我得安置好他的古迪,他想着,往四周看了看,无缘无故地想要在什么地方看到她。可是教堂里除了尘埃、阳光、烟囱那儿的闹声以及圣母堂内沉闷的唱诗声之外,其它什么也没有。我必须保证她什么也不缺,他想着;下面他又记不住是为什么了。石柱底部堆着垃圾,他看见垃圾堆里一根小树枝横在他的鞋子上,一颗腐烂的浆果猥亵地粘在皮鞋面上。他气冲冲地踢着脚;但这种事似乎已经是司空见惯,浆果和树枝不仅难以忘怀,而且引发了一连串的回忆、焦虑与联想,一片凌乱。他意识到自己在想那艘用根本没有风干的木材所建的船,其中一根小树枝上长出了一片绿叶。他眼前马上出现了一个幻象;尖塔在翘曲,在长出树枝,在长出嫩芽,恐惧使他迅速站了起来。我必须去了解木头的性质,他想,并保证每一英寸都能风干;然后,他又想起了尖塔还没开始建,塔也还没建到顶;这样,他又坐了下来,眨着眼往上看。

从拱顶到烟囱的那个孔变小了,那是因为下层大间地板的一些横梁已经铺上了。不过中间还有一大片空间,让石材和木材从这儿吊上去。横梁似乎限制并且界定了上面天际边那片繁忙的世界,它相应也就明亮多了。上面有受制约的阳光、活动着的"大熊"、脚手架、绳索以及几乎是竖直放着的梯子。顶部的角落甚至有一个小棚屋,像个燕子窝。他看了过去,看见营造商从棚屋里退了出来,用测量仪在干点什么。我从来没有想到它的分量有多重,他想。我只不过试着在空中画了简单的几条线。而现在,付诸实施之前,我的意志却必须支撑上边那整个世界。小树枝可能是从脚手架上挣下来的,脚手架也许用不着风干。毕竟,用完之后就会取下来的。

他听到熟悉的敲打和磨刮石头的声音,便看了过去。那个年轻人正坐在西南角的石柱旁,腿上又放了一块石头。乔斯林站起身,艰难地走了过去。年轻人赶忙站了起来，把石头放在身旁，然后站着、微笑着、点着头，还轻轻地拍着掌。

乔斯林为他祝福。

“我的孩子，是你救了我的命，好像是的。”

他感觉到说着这些话，就要高声笑出来了，最后总算只咯咯笑了一声。年轻人手摊得宽宽的，耸了耸肩。

“你自己受伤了吗？”

年轻人无声地笑了，摸了摸鼻子。的确，鼻梁比以往厚了，也比以往亮了。接着，他伸出右臂，弯曲，微笑着并用手指抚摸着二头肌。乔斯林一阵爱意涌上心头，双手抱住年轻人，拥抱了他，就像是紧抱着一根石柱或是一棵树似的。

“我的孩子，我的孩子！”

年轻人脸上泛着光，咕噜着，怯生生地拍了拍他的背。

“我会报答你的，我的孩子。”

在他的怀中，年轻人静静的，仍然拍着他的背，啪，啪，啪。他是我的儿子，他想，而她是我的女儿。可是，红头发飘落下来，使他目眩了。他只好闭上眼，呻吟着。然后他发现自己疲劳极了，被吸引到了自己的床上。当晚，天使再次来到；随后，魔鬼也多少折磨了他一番。

一天又一天，乔斯林的体力在一点一点恢复。他看着夏天变得比以往长，似乎要弥补春天的暴雨和洪水所造成的一切似的。最后树叶变黄了，掉落下来，干得可以点火。教堂周围长着粗茎的草，脚踩下去就折断了；草是褐色的，易碎，就像扫帚上剩下的叶子一般。怪兽滴水嘴承受着某种无尽的、复杂的惩罚，它们张着口，似乎要在干燥的空气中找出水来。安息对它们没有意义。它们在地狱之中，什么都可能落到它们头上，就是这么回事。在这干燥的空气中，他的意志，他那燃烧着的意志，压缩成了一束不灭的光，集中地照耀着、支撑着那新建筑。因此，那年轻人凿着石头，工人们往上爬，雷切尔围着罗杰转；古迪·潘格尔在侧廊尽头，只能远远瞥她一眼。她包着头巾的头低着，红头发藏住了，像一个正在忙着的妇女。如果她好像要走近他了，就赶紧绕开，眼睛往别处看，匆匆走过。她头低着，好像他是个晦气的转角，或许是个幽灵，或许又是个自杀者的坟墓。不过他明白她只是因为身为弃妇的羞辱而感到羞耻，她的羞辱使他心情沉重。我的意志有它的目标，他想，而不是去帮助她。我充满着意志力，它把其它一切都置之一边。我就像一枝要结果的花。当果实在长，花瓣枯萎时，对着花有一种冥思，对整棵树有一种冥思，树叶落了下来，除了长的果实，一切都在死去。这就是结局。我的意志在石柱之中，在高墙之中。我奉献自己，我从中获得教益。

有时候，他看见雷切尔在十字中心打转，谁经过她都要和他说话。接着又停下来，眯着眼朝上看着她那头在塔上爬着的大熊；话多的雷切尔一看到教长，就会抛开其它一切，来到他的面前。突然有一天，他发觉对付她很容易。他对她置之不理，对她在肘子旁边的说话声置若罔闻。当她转到他面前问问题的时候，他听不见她的问题，只感觉到那是留在空中的一个问号。他站着，俯视着她。他注意到她看上去老了，精神紧张，不过这种变化没有让他太感兴趣。甚至当他看到她迷上了涂脂抹粉时，他也没有其它的感觉，只是厌恶，身上扭动了一下，免得自己高声笑出来。从那以后，他认定自己已经不耐烦再看她了。他已经看透她了，一声不吭，因此根本就看不见红粉之下那张脸上的惊讶表情。

随着时间的推移，他发现这种无动于衷很有效。这使他能够在秘书室教士来到教长宅邸时以礼相待，而不必去注意他为什么而来。有时候——只有一个领唱时——这种有效的办法使对方露出某种表情,他事后断定那完完全全是惊愕。接下来是多雾的秋日,一块硕大的油布遮住了往上冒的塔上方的天空。这时,他发现只要他愿意,他就可以在任何时候让这些人停下。他只要说"我必须回教堂"就行。这是在无名神父指出他除了看与尖塔有关的信件,其它信件一律不看之后发生的事。

尽管遮了油布,雾还是漫进了教堂,但这同样影响不了他的意志,也没有影响那个一直在凿着、刮磨着的年轻人。当乔斯林看着填到坑里的四个头像中的第二个时,他想:肯定,它们肯定比实际的要瘦?嘴巴不是张得太大了吗?眼睛能睁得这么大吗?但是他什么也没有说,因为他热爱他的圣子,就像爱他的圣女一样;而且,年轻人不仅保住了他的命——因此也保住了支撑石柱的意志,而且在看他的时候也很坦然,就像一条好狗,这一点古迪离他很近的时候从来就做不到。

因此她令他恼怒,她的红头发令他恼怒,除了对她的羞辱的同情和一种奇怪的不安之外,他对她已经毫无感觉。到了十二月初,四座头像已经雕好,和那年轻人一起消失在烟囱那儿,来到上层准备装点的四面窗户那儿。他看着它们被运上去的那个上午,雷切尔又在围着他转,唠叨着。因为他暂时摆脱了那个年轻人,潘格尔又逃跑了,他不可遏止地想起了古迪。为什么我忽视了她?她需要我!想起古迪,似乎就为他创造出了古迪,她就在那儿,匆匆忙忙沿北侧廊走,抬头看——突然转到一边,走过十字中心,进了走道,越走越快,越走越快。

"我的孩子——"

他想,为了她我必须做这件事,虽然它分散了我的注意力。他快步来到走道的南边出口;她来了,又是匆匆忙忙的,闪到一边。

"我的孩子——"

他笑着,半是恼火。他走了过去,张开双臂。这样她就过不去了。她站在墙下,侧着身子,退缩着。她的头发体面地藏掖着,她的脸转开了。这样,除了她凹陷的半边长脸颊,其它什么也看不到。

“我的孩子,我一直想要——”

想要干什么?我得告诉她什么?我要问她什么?

她却脸朝上对他说话,乞求着。

“让我走,神父。请让我走!”

“他会回来的。”

“求你了!”

“而且——这些年来——我的孩子,你对我非常珍贵。”

他突然吃了一惊,看见了她双唇变得苍白,绷得紧紧的。他还看到那双大大的黑眼睛居然能睁得这么大,能这么瞪着,好像眼皮也缩了进去,就像嘴唇似的。她突然拎起筐子,靠在胸部,他只能正好听见她的嘀咕声。

“你不!”

接着她走了,喘息着,抽噎着,从他身旁溜了过去,一溜烟跑过昏暗的走道,厚厚的披风扑打着,他瞥见了她裙子下边的踝和脚面。

他双手捂着头,内心深处既困惑又茫然,恼怒地发问。

“这一切究竟是为什么?”

他又感觉到她萦绕不去,就抖动了一下身躯,因为这样对工作不利。我必须把一切琐事放到一边,他想。如果它们是代价的一部分,为什么不随它去呢?如果我克制不了,这一切沉思又有什么意义?我手上的工作太重要了。工作!工作!

他的一个想法太妙了,他知道这早就植入他的脑子里了。这是一个启示。我必须爬上去,远离这一切混乱!想到这儿,他又发出了高音调的、恼怒的笑声。我要把我这燃烧着的意志带到塔上去。

他低头看自己的教士服，发现它不适合爬高；不过他还是弯下腰，把教士服的后边从双腿间拉到前面，拧在一起，塞进腰带里。一个工人正往下走，在脚手架底层站到一边，指节敲了敲额头。突然，乔斯林想到的一切都变得容易多了。阳光终于出现了，在他的四周闪亮。他不断往上爬着，来到了拱廊黑暗的、没有墙的平台上，接着一头钻进了楼梯里，楼梯里只有射箭孔透进来的光，好像这教堂需要弓箭手来保护似的。他从楼梯口走了出来，拱顶上新铺的横梁出现在他眼前。他接着往上爬，沿着塔下层闪闪发亮的窗户旁边那一架架宽宽的梯子往上爬。

"会这样的，"他喊道，"会这样的！"

他感觉到自己的心脏在撞击着肋骨，就休息了一会儿，让心跳慢下来，让自己喘口气。他在脚手架边上稍坐歇息，样子就像悬崖边上的渡鸦似的。工人们上上下下，好奇地看着他，却什么也没说。他坐在最边缘处，双脚悬空伸出。他双手紧紧抓着一根直柱，靠在柱旁，往下看。

在他下边，塔的柱子、墙、窗户挤在一起，似乎都只有撑起自身重量的厚度。一切都是明净的、崭新的。在光亮中，八十英尺的窗子，四个边，每边两面；平台、直柱、梯子以及刚砍好的横梁，这些在光亮中都清晰可见。他感到既害怕又惊喜，就像一个小男童第一次爬上一棵禁树，爬得太高的时候一样。他感到头晕，但却眯着眼直直往下看，弄得自己更晕，喘不过气，——向下，向下，穿过一个又一个孔，一层又一层，直到十字中心那遥远的世界。地面就像从前的坑底一样昏暗，太深了，地面又昏暗，黯然失色。接着，头晕消失了，留下思想和喜悦。

"会这样的！"

当鸟儿在繁枝中自由穿行，自由展翅的时候，一定也会有这种感觉。我们看上去如此灰暗，只剩下头和肩，拖着沉重的镣铐，在这地球上爬行。他正想着，突然看见雷切尔从地面的一边慢慢走到了另一边，似乎她本身就是从地底搅出来的什么东西。他觉得摆脱了她，又转过身去面对着层层向上的楼梯。他登了上去，费力地爬着，失态地露出了白白的大腿却毫不在意。在这两百英尺的高空，它们这样就没有什么不妥的了。他一层一层地往上爬着，不断地抬头看着边缘上，看着工人们朝着天际建着塔。他的周围又响起了建筑的闹声。他在燕子巢旁边停下来喘口气，发现这燕子巢是个房间，和他自己的一般大小，盖在一个角落，有一个没有装玻璃的空洞朝向塔的中心采光。营造商在房间旁边测量，从塔这边的石头测到对边的那块石头。乔斯林满脸放光地站在他身旁，站在四块板搭成的架上，在高空中无比振奋，不禁喊了起来。

“瞧，我的孩子，石柱不会下沉！”

营造商仍然眯着眼睛在看仪器，一边愠怒地回答。

“谁知道这一切是怎么回事？兴许每一根石柱都落在地基上。”

“我告诉过你，罗杰。它们是浮着的！”

营造商恼怒地抖动着背。

“我听得很清楚。”

“罗杰！”

他伸出一只手，但是罗杰·梅森躲开了，似乎他的身子对触碰很敏感。站在离白色墙壁最近的那块木板上，他转过身来，紧紧抓住测量仪靠在胸前。

“我几年前就跟你说过了，神父——现在还是那句话！”

“你怎么能这样说话，罗杰？在你的身边就是一个、一个奇迹。你难道感觉不出来？你难道不能从中得到力量、获得教益，难道看不出它是怎么在改变一切的?”

他们不说话了,在刮磨石头的闹声中你看着我,我看着你。罗杰·梅森慢慢地打量着他,先是他鞋子的脚尖部分,然后沿着胫部和白白的大腿到躯干,最后看到脸上。他们站着,对视着,营造商冷笑着。

“它的确是改变了一切。”

他转过身,打开了燕子巢的门,突然又转过身来,怒吼着。

“难道你看不出自己干了些什么吗?”

接着他走了,“砰”的一声关上门,弄得整个燕子巢都颤抖起来。

乔斯林眼看着墙壁。

“我知道!我知道!我确实知道!”

一阵突如其来的喜悦冲击着他,他笑着走到了楼梯旁;他爬到楼梯顶的时候,已经把罗杰·梅森和下边的地面抛到脑后去了。

这里就是生长点,是尖塔的梢。每一边都架着三块木板,工人们在干着活。这里没有什么人说话。工人们身子向外倾,墙有膝盖高。面前的墙高低相差一块石头。这个地方只高出木架一块石头,但是已经抹上了薄薄的砂浆,工人们正在小心地将第二块石头放上去;那个地方——四面墙上都是如此——石头没有高过木板,只有木头,做成拱顶石的样子。圆拱上的石块已经沿着弧线砌上去了。只留下一个空间放拱顶石。他知道每一个拱顶下方都有窗子,将它们连成一片向上、向周围延伸,使它们所有的透明物都成为某个整体的一部分,一个惟一的杰作。在每一个木模旁边都放着一块石雕头像,无声地呼喊着,为天国的高远和光明而狂喜。那年轻人跪在一座石雕旁,用刻刀修了修脸部——抬起头,像石雕头像那样,隔着好像在旋转的豁口,无声地笑着。乔斯林发现自己也在笑着,真正地为着这些新事物,为着这奇迹而开怀大笑。欢笑中脑海里闪现出一个念头,他顾不上尊严,朝着年轻人喊了起来。

"在这里,我们摆脱了一切迷乱!"

那年轻人也在对着他笑,一个好家伙;然后他又埋头干活了。

又出现了一种响声。既不是说话声,也不是凿石声和砰砰声。这声音响个不停,不像引擎轰鸣那样深沉、重浊,又不像石柱歌唱那样尖利。他仔细听着,发现是这上边风吹石头发出的声音。他跪了下来,然后坐下,手臂搁在石头墙上,倾听着风声。这一阵,他内心平静,他的许多想法在脑海里闪现,出出进进;他却听任它们这样做。

这到处都是材料的世界,是个新鲜事物。在下面,模型既细又小巧,双手就能轻松地捧起底座,每一面的窗子都有柔和的窗花格子;但在这上面,纸一般薄的墙成了石壁悬崖。里边针一般大小的部分成了两个人可以并排在上面走的横梁。突然,他意识到了那奇迹般悬着的重量,甚至就在他心满意足的时候,这个世界也像是翻转过来了似的。我必须对罗杰好一点,他想。这对我来说是无所谓的重量却一直让他心神不宁。而且,他不虔诚。

为了矫正这令人头昏眼花的世界,他再次将注意力集中到了模型上,集中到下面中殿那昏暗中的模型上。然而一旦他集中注意力,想到尖塔时,却又冒出了许多意外的东西,冒出了地面在动,石柱开始歌唱时的那些忘却的事情。他感觉到自己又一次屏住了呼吸,倾听着。片刻之间他看见了潘格尔夹在蓝色的短袖束腰外衣和褐色的短袖束腰外衣之间,被扫帚柄顶着,一个工人跳跃着走近他,尖塔猥亵地夹在两腿之间,突了出来。他看见红头发飘落了下来。接着,他发现自己紧紧抓着石头,双眼紧闭,嘴张开着,肋间发堵,喘不过气来。他的脑子里又混乱起来。他昏昏沉沉地对自己说:这就是代价！我还能期待其它什么？我不能再为他们祈祷了，因为我的全部生活都成了一个意志的祈祷，与它融为一体，深入其中。

怜悯我吧，赋予我启示！

但是没有回答，只有风吹在石头上的声音。

他睁开双眼，发现自己的目光从塔那儿移开，投向外面的世界：它已经变了样。它弯曲成碗的样子，很清晰，向上延伸，直至蓝色的碗沿。他又惊又喜，一把抓住石条，喘息着，跪了下来。这就是成为飞鸟所意味着的，他想着——似乎为了说明这一点，一只渡鸦从他脸旁掠过，在风中斜飞着，朝着这些斗胆登上它的王土的人们发出严厉的警告。从渡鸦那儿再往远处——乔斯林这时已经松开了抓着的石条，站了起来，这样他就可以从弯腰干活的工人们的头顶处往外看——在教堂围地旁交汇的三条河流的河谷展现在眼前。河流闪着波光流向这座塔，可以看出那些以英尺为单位分隔、靠理性作用连结起来的一片片地域，事实上都是整体的一部分。在东北方向，他看见三座分开的水磨坊，三条不同高度的小瀑布，小瀑布汇入一大片的河水中，河水蜿蜒流向教堂。河水真的流到了山下。他看到了斯提尔特伯里新桥上的白石条；看到了修女，至少是两个，在修道院里的空地上。虽然她们在高墙之内，远处这样观望也无异于破墙而入。想到这一点，他把目光集中到新桥上来了。他眯起眼，看到零零落落的一长串驮骡、驴、役马、小商贩，还有步行的乞丐，乡里人带着一驮驮的蔬菜，陆陆续续走向桥北的货摊。这是斯提尔特伯里的集日。虽然不在城里，不过以往凭理智就知道有这么回事。现在却尽收眼底，一模一样。他的喜悦像翅膀一样扑打着他。我要尖塔高到一千英尺，他想，这样我就可以鸟瞰整个郡县。接着他对自己感到惊讶，想起了尖塔是谁的。似乎是要证明这一点，他觉得自己感觉到了天使在背后，在风中给他以温暖。现在这是真的了，毫无疑问。在这上面，在啪嗒声、丁当声、刮磨声中；在这儿，在向云天提升时，我就像一个放声歌唱的孩子一样欢快。过去我根本没想到还能这么快活！他就这么站在板上，站在风中，让欢快平息头脑中的一切混乱。他仔细看着那一道道、一片片的耕地，看着丘陵地。丘陵地四周树木繁茂，呈锯齿状。它们柔软、温暖、又平滑，就像年轻的身躯一样。

他用力跪了下来，闭着眼，划着十字祈祷着。吾携吾之恶至尔之高空。世间并非如此。地球上是一群缺了鼻子的人脸朝上笑着，到处都是绞刑架，生育之血从未停止过流淌，田里汗流不息，下边就是妓院，醉汉躺在污水沟里。这里没有任何善，惟有这座教堂、这条方舟、这个避难所、这一艘能包容所有人的船，它已经装上了桅杆。饶恕我。

他睁开眼睛，站了起来。寻找着他的欢乐，看它到哪儿去了。他抬头看着空中，看着将要建起塔的其余部分和塔顶的地方，一个难以想象的高度。一头巨鸟在那儿展翅飞翔。他想起了圣约翰，便高声说："这是一只鹰。"

那个年轻人在雕着一张嘴巴，也抬起了头。然后笑了笑，摇摇头。乔斯林沿着木板，走到他面前，弯下腰，扯了扯他卷曲的头发。

"行了，就我所知，那是一只鹰。"

可是年轻人又埋头干活了。

在丘陵近前的边缘地带，出现了球状和块状的东西，灌木似乎着了魔似的迅速生长。他边看，它们就边往上冒，最后变成了人。在他们身后出现了更多的球状物，这些东西变成了马，变成了负着驮篮、怀着小驹的驴子，变成了一整列负重的旅行者。他们径直从一座蓝天映衬着的山脊走到前面的山脊来了。他们径直走下山来，走向他眼前，走向塔，走向大教堂，走向这座城市。他们没有走西边，绕过冷湾，然后斜斜地顺着世世代代的马匹踩出来的、深深的山沟下来。如果不是在图省力的话，他们也是在节约时间。幻象闪现之际，他就明白了其它的脚会如何踩出一条像箭一般笔直的、通向城里的道路，明白了塔是如何影响到整片山水，如何改变它，并雄踞其上的；塔借助自身的存在，使带着塔的山水成为一种能看到塔的地方都能看到的一种模式。他从天际转过身来，看到自己的幻象非常真实。新的道路出现了，人们三五成群，迈着坚定的步子走过树丛，穿过石南丛。乡村正驯服地换上新面貌。不久，当这个伟大的指状物竖起的时候，这座城市将会像个轮毂，置身于天定的转轮之中。新的街道，新的客栈，新的码头，新的桥；现在，还有新的道路迎来新的人。

我曾经认为事情很简单，认为尖塔将使一部石头圣经完美，将会成为石头写成的启示录。由于愚蠢，我从没想到过每上一层就会有新的教益，有一种新的力量。也不可能有谁来指点我。我只能不顾劝告，坚定地建起这座尖塔。这是惟一的办法。可是，当你这样做的时候，人们就像一把破旧的凿子那样迟钝，或者都像斧子头似的飞掉。我太专注于我的幻象了，没有考虑到这一点，不过有幻象就足够了。

他往下看着那小小的、矩形的潘格尔王国，那里的石料堆已经少多了。他还看见回廊中间那块小小的四方形空地。他甚至还能看见白色的棋子，那是唱诗班的男童们下完棋后留在拱廊窗台上的。他挨个看着屋子，这些屋子坐落在围地的周围。从红色的屋脊看过去，后院一目了然，里面有猪和牛。他看到一个老人艰难地走进一间厕所，安稳地落座在两堵墙中，让门大开着。再过去三座房子处有一个女人，一小片白，一大片褐色。她正准备挨家挨户走。她身旁有两只木桶，轭形扁担靠在附近的墙上。他眯起眼睛，看清了桶里装的是牛奶;看到那女人加水装满每一只桶,他不禁冷笑起来。他看着她挑起那两只桶,消失在屋脊下,又出现在街上,接着走到街对面,避开躺在污水沟里的醉汉。醉汉无力地用手打着拍子,一条狗在他上方抬起了一只脚。

"懒汉。"

他突然转过身,吃了一惊。不过罗杰·梅森眼睛没有看那个醉汉,他眼睛看别处,看着东南方向,看着那看不见的海。

"卑鄙的家伙。"

在波光闪闪的七段河流之外,河岸上出现了一簇房屋。

"你能看见什么,罗杰?"

"看看那个小偷,他要走进三大桶了。他会把他的船停在我们的好石材旁边,然后整个晚上,明天整天都狂饮暴食。尽管他小心翼翼,我们可以等待,可以吹哨发警告。"

"我的孩子——"

营造商对着他大吼起来。

"这对我有什么关系?还是对你?你赢了,不是吗?"

接着是沉默。头晕,就像挨了一击之后。工人们的脸仰了起来,没有刮磨声和啪嗒声了。

"小声点,罗杰,小声点。"

"小声点!我——"

罗杰·梅森双手捂着脸,厉声地说话。

"你们这些人,都回去干活。"

过了一会儿,敲打声又开始了。罗杰·梅森把手放了下来,看也没看乔斯林。他走了,什么也没有再说,像头熊一样,一杠一杠抓着走下了楼梯。

乔斯林看着他走下去,又有了新的体验。我害怕下到那儿,他想。这上面才是我的立足之地。但是我得下去,因为没有人能和鹰一起生活。他因此逼着自己,走下梯子,走过燕子巢,走下一层又一层的脚手架,走下旋梯,走进那昏暗的世界,走到坑底那昏暗的、实实在在的地面上。他有件事要对营造商说,但是雷切尔却在他们中间走来走去,使他无法对她的唠叨置之不理——有活动脸色好多了我的大人她希望噢她真希望她能跟着罗杰到他建的塔顶可是高空对她真是个炼狱——抹着粉的脸一阵阵痉挛,身上痉挛着——只好呆在这乱糟糟的十字中心潘格尔这样逃避职责是真正的犯罪,一个男人,当然不是所有的男人,不像有些值得她提起的,消失得无影无踪,连个信也没有,最后把他怀孕的古迪留在了上边,可怜的人,可爱的人,这样一个可爱的人,现在却被抛下——

强烈的怒火吞没了乔斯林,他对污水沟里的醉汉大为恼火,对三大桶的那个酒鬼大为恼火,他对着罗杰掉开的脸高喊着。

"我的孩子!你必须运用我的权威。派一个人骑上好马到三大桶去,叫他带上皮鞭,必要的时候就打!"

然后他走过中殿,离开了这一片混乱和唠叨,边走泪水边沿着脸颊滴了下来,啊,我所学到的这一切,他想,如此的高度、力量和代价!

走到西门边,他已经控制住了自己的感情,他转身对着大圣坛,声音重浊地说。

"主啊!尔闻吾之祈祷乎。吾泣然泪下,盖因尔垂顾尔之奴婢也!"

第六章

当他再次来到尖塔的时候，呼喊着“和散那”的头像已经安在每一扇窗户的顶端了。他靠在不断向上升的墙沿上往外看，从上边看着这些头像。每一个头像都是头发吹到后边，鼻子像鸟喙那样凸出。它们朝着人们在牧场上踩出的道路呼喊着，对于栖息在他们头上、排出白色粪便的鸟儿却无动于衷。他沿着井一般的塔内面往下看，看见了重新盖的拱顶。那儿只剩下一个圆孔，透过圆孔可以看见昏暗的地面；地面太暗了，几乎看不见。不过横梁就是从这里竖着吊上来的，吊到工人们接手的地方。他也参与了——或者说是看了，他被推到一个角落去了——在某种疯狂的吱吱嘎嘎、砰砰嘭嘭和大喊大叫中，在这疯狂之中，横梁架到了塔上，要在塔身的一半铺另一层地板。塔要再上升八十英尺，又是一个大间，有更多的窗子，更多的呼喊着“和散那”的头像，更多的平台和梯子。因此，想到这儿理智就要皱眉，总要对顶上这些皱眉。稳固是平衡于半空中、置身于鸟群中的，理智屏住呼吸，看着一连串越来越小的方形，底部一个圆孔。然而，底部就是顶点。

工程，据他所知，通过了他那强烈、坚定的意志的锤炼，得到了神佑。十二月份有些日子异乎寻常，教堂里根本见不到太阳，中殿就像个大洞穴。在那些日子里，要在昏暗的教堂里做任何事都很困难，只有承受意志的考验，心知最终一切都会好的，虽然塔的下层和正在建的第二层的重负的确让人头脑紧张。在那些日子里，他总是急切地爬上塔去，就像一个要从母亲那儿寻求慰藉的孩子一样。只不过他不再愿意去想起做母亲的。要是他想了，遮住了红头发的古迪就会刺痛他的心，刺得他眼冒泪花。

有这么一天，他走过围地，从教长宅邸走到西门，大雾中几乎看不见自己的脚。虽然中殿没有雾，有点像某种气泡，但却几乎是漆黑一片。他往上爬，从旋梯爬了出来，走到了横梁上，走进炫目的光亮之中。上面，阳光照耀；然而，即使那些射进室内的光，与另一种光相比也显得微弱。这种光照耀着上方，照亮了铅皮、玻璃和石块，照亮了桁架屋顶的底面，这样，连斧子砍的痕迹也能看见。接着，他在这一片炫目之中爬向上面的大间，爬上一架架的梯子，一层层的脚手架，来到工人们干活的地方，他们的手冻得发紫。最后，他来到了凹凸不平的顶层——这时候他实在是又痛又头昏眼花了，只好用巴掌遮住双眼。周围能看见的只有牧场，其它什么也没有。一片炫目的、燃烧着的雾笼罩在河谷和城市的上空，只有尖塔，只有这塔才能刺破浓雾。然后，他很奇怪地感受到了慰藉，有一阵几乎完全平静了下来。

不过，还有些时候大雾甚至淹没了塔，工程就慢了下来，甚至停止了。他被困在地面上，面对这一切损失。工人们在棚子里，在凉棚下干着活，就像在海底似的，他们在加工木材。靠近北耳堂墙洞的一个棚子里，摆着一层层八角形的桁架，向上依次缩小。它们越堆越高，已经比一个人还高了。木工们在桁架上面一部分一部分地做着奇怪的标记，接着又把它们拆了开来；营造商却在对着小树枝搭成的斜条格构模型出神，这模型看上去就像小丑帽。没有什么人走近他，因为他已经不再让工人们喜欢了。他太抑郁，说话三言两语，动不动就大发雷霆，然后又气冲冲地离去。神情紧张，满脸涂脂的雷切尔唠唠叨叨、前前后后地跟着他。既然乔斯林是来对这项工作的奴隶表示深切同情的，看见他爬得那么慢，那么闷闷不乐，真是令人难受。看见他站着，不是凝神往上看，就是凝神往下看，同样小心地测量着，再不就是站在十字中心倾听的样子，也真是令人难受。

的确，经常都能听见点什么。十二月底，石柱又开始歌唱了。它们不是一直在歌唱着。在圣母堂，有时候连续几个星期唱诗班都能够不受影响地唱诗。不过，人们有时候会模模糊糊地感到不适，就试着去确定原因，然后断定是空气太干燥了，或者是太冷了，最后却发现耳朵像扎进了针似的，还无缘无故地屏住了呼吸。接着，又听得见针的声音，因此就长长地呼出了一口气，而后却是激怒和害怕。甚至是城里的人们，还有来自远方的旅行者，都会来到西门，站着倾听歌唱的石柱所显示的凶兆和奇迹。但是他们从不像早先那样走到十字中心来。只要工人们听到歌唱声，他们就会停下，你看着我，我看着你，然后又埋头干活。他们中间没有什么笑声。只有被钉在意志的尖桩上的乔斯林，才能找到对付耳中针的乐观的答案。

“它会过去的。”

可是，当冬去春来，藏红花冒出地面、塔向空中上升的时候，石柱唱得更频繁了。

就在这时，乔斯林发现了营造商身上其它的一些现象。他曾经担心地看着他，评判他作为一件建筑工具的价值，计算他爬梯子的步子，等待着他需要再次磨利、或者需要将楔子更坚实地揳入他的斧柄的时刻到来。可是，所有这些考查，最终只不过使他了解了罗杰·梅森的外貌和动作。有一天，他从十字中心地面上方的孔往下看，看见他爬上塔来，并惊讶地看出营造商和雷切尔一样恐高。他恐高但是他忍受住了。他得在高空中，因为高空是他这门手艺的一部分。不过他从没有像乔斯林那样喜欢过高空，似乎从来也感觉不到颤动着的木板所能产生的那种激动人心的喜悦。在那儿你再也听不见石柱的歌唱，只有一块在陡壁上颤抖着，弹跳着的木板。意识到这一点，乔斯林同情地看着他往上爬，看着他有条不紊地慢慢往上爬，从来不像其他一些工人那样漫不经心；看着他总是眼盯着最近的东西；看着通到坑填上之后的、阴暗的地面上的井，明白了他不踩在梯子中间，而宁愿靠近墙壁一两英尺的原因。风刮着小雨，雨粘在乔斯林的头发上，但是他却轻松地站在顶上，任凭风吹着，等待着罗杰。他只能看见罗杰的头和肩膀，身上明显地裹着那张网。

“你为什么害怕，我的孩子？”

营造商站在他面前，深深地喘着。他一只手抓住了矮墙。

“它们又唱歌了。”

“那又有什么？以前它们也唱过，也停过。”

他抬头看着细雨。

“你知道吗，罗杰？我一直在想。那上面的十字架——将要在上面出现的十字架。”

“我知道。”

“它是不是比一个人还高？可是在模型上，它倒像个挂在孩子脖子上的小装饰。”

营造商闭上眼睛，咬着牙。他痛苦地哼哼着。

“什么事，罗杰？你想要告诉我什么？”

营造商看着背对天空的他，声音嘶哑地说着。

“行行好吧！”

“不要再说！”

“神父——”

“怎么啦？”

“不能再高了。”

乔斯林还在微笑，可是这微笑突然僵住了。营造商猛地挥起另一只手。

“他们为我们的辉煌——你的辉煌——而惊叹不已。”

他转过身，双肘搁在矮墙上，双手遮住脸，声音也因此而变得沉闷。

“我说了，行行好！”

“除了你没有其他的人。”

营造商沉默了一会儿，手捂着脸。最后他说话了，手没有拿开。

“我来跟你说说我的奥秘吧。石柱在歌唱。我不知道为什么，但是我能猜。要知道，那就是灾难。我总能猜中。你谈到这一点的时候，我不懂。或者说不像你——”

他抬起头，侧目看着乔斯林。

“或者说不像你所知道的、对教徒讲道的时候讲的，你明白吗？”

“我非常明白。”

“我告诉你，我们会猜。我们会判断这个或者那个足够结实；可是在全部力量加到上面之前，我们绝不可能说自己是对还是错。还有风，这风除了吹动你头上的头发，其它什么也没有——”

他怒视着乔斯林。

“你有测量风的重量的机械吗，神父？只要你给我，我就会告诉你什么支撑得住，什么支撑不住。”

“可是石柱并没有下沉，我告诉过你的。”

“它们开始唱歌了。”

“难道你以前从来不知道有房屋会唱歌的？”

“从来没有。我们周围都是新的东西。我们作判断，我们继续建。”

他粗粗的脖子朝后仰，眼睛凝望着天空。

“还有尖塔，要再上去一百五十英尺。神父——够了！”

意志平静地在乔斯林的脑子里发话了，他听见了。

“我理解你，我的孩子，这只是重新再来一次小小的冒险。要我告诉你我们已经走到哪一步了吗？想想那只不过活一天的蜉蝣。上边那只渡鸦也许多少知道一点昨天、还有前天的事。渡鸦知道日出是怎么回事。也许它知道还有一次日出，可是蜉蝣不知道。从来没有蜉蝣会知道日出是什么样子！这就是我们所达到的地步！啊不，罗杰，我不想对你说教，说人生可怕的短暂，你和我一样明白，这是一段难以忍受的长度，然而必须忍受。但是我们却不一样，我们是上帝的选民，我们两个都是。我们是蜉蝣。我们不知道在那上面，每上去一英尺会是什么样子，但是我们必须在从早到晚的生活中，每分钟都有创新。”

罗杰打量着他，舌头舔着嘴唇。

“不，我不明白你的意思。但是我知道尖塔有多重，却不知道它有多牢固。看看下面，神父——从矮墙这边照直往下看，看过窗子，扶壁，一直看到回廊中间的杉树顶。”

“我看到了。”

“让你的目光像只虫子，一英尺一英尺地往下爬。你觉得这些墙壁很牢固，因为它们是石头砌的，可是我更清楚。除了薄薄的一层玻璃和石头撑在四个角落的石柱之间以外，其它什么也没有。你明白这一点吗？石头和竖杆之间的玻璃一样脆弱。因为每上一英寸，我都得减轻重量，顾了牢固顾不上重量，顾了重量又丢了牢固，总在推测有多少、多远、多小、多近，直到我想起这心就不跳了。看下边，神父。别看我——看下面！看看每一个角落的石柱是怎样拼起来的。我已经把石块夹在一起夹紧，可我还是没办法让它们变得比石头更牢固。石头会断，会坍塌，会撕裂。不过，即使现在石柱要歌唱，这个样子还能撑得住。我可以在上面盖个屋顶，也许再装个风向标,人们在几英里开外都能看见。”

乔斯林一下子变得非常安静,非常警觉。

“继续说,我的孩子。”

“根本就没有可能建尖塔!你要被送上这么高才会理解这一点,神父,你难道还看不出来吗?它将是一层石头外壳,里边是一系列这样的八角形,每层都比下边一层小一点。可遇到风怎么办,神父!我只好先把这些八角形固定住,然后固定在压顶石那儿,这样它们才能靠自身的重量,压住石片。重量,重量,重量,重量!都加在这上边,都压在柱子上,压在薄薄的墙上,再往下压到歌唱的石柱上——”

他的手抓住了乔斯林的袖子。

“即使那样也不算完事。不管我怎样努力,尖塔也不会垂直向上的。它会伸向这四根柱子的顶端,它会挤——出去!我可以在这每根柱子上边加小尖塔压重——必须如此——但是,我建多高是有限度的,因为重量的关系。到了哪一种程度上我必须舍此保彼?啊,对了,我们可以装上第一层八角形和第二层八角形,也许还有第三层,”——他的手紧紧抓住乔斯林的胳膊——“但是迟早,教堂里又会传出另一种闹声。再往下看,神父。迟早,会有‘砰’的一声,会颤动,会有轰隆声。那四根柱子就会像花朵一样绽开,上面这其它的一切,石头、木头、铁、玻璃、还有人,就会像山崩一样掉落到教堂里。”

他又沉默了一会儿。接着他的声音传了过来,像耳语一样。

“我告诉你——不管我的奥秘的其它什么方面是如何地不确定——这一点可以肯定。我知道的,我看见过一座房屋倒塌。”

乔斯林的眼睛紧闭着。在他的脑海里,一系列的八角形,每层都由一英尺厚的栎木桁做成,一直自动往上架着,架着。当他咬着牙站着的时候,有一阵他感到了脚下坚固的石块在动——突然向旁边晃动,甩了出去。一百五十英尺高的小丑帽出现了裂缝,撕裂了,爆开了,带着灰尘、浓烟和雷鸣般的巨响往下滑,越来越快,猛冲,转弯,撞出火花,燃起火焰,发出爆炸声,最后“轰”的一声落在中殿,震得中殿的石板像碎木片似的乱蹦,最后掩埋在废墟之中。这一幕千真万确,他随着西南方的柱子一齐掉了下去。西南方的柱子像条腿,中间凹进,弹出去砸在回廊上,像连枷挥动,摧毁了藏书室。他睁开眼,从半空中坠落使他恶心。他紧紧抓住矮墙,回廊在下面晃动。

“我们该怎么办?”

“停工。”

回答得正是时候;甚至在他的恶心感消失,回廊停住摇晃之前,在意识的某个深处,就已经明白营造商是怎么套出这个回答的。

“不,不,不,不。”

他咕哝着,领悟着,边摇着头。他理解了那被拒绝的请求,那最后一招,建筑行话,不是一个在下面坚实的土地上展示的奥秘,而是经过苦苦思索,隐秘地带到了塔上,最后用上了,放在眩晕这个支点上的奥秘;一切都已经策划好,要将意志在一瞬间击垮。

“不。”

最后,答复被确定了。这是刀刃相见的答复,叮当,唰,叮当。

“罗杰,我告诉你这件事干得成。”

营造商怒气冲冲地走到一边,站在西南角,背对着乔斯林。他面对着细雨,什么也不看。

“听着,罗杰。”

我能告诉他什么呢?我刚才还在谈蜉蝣,可是过了十分钟,我自己也记不得是什么了。让意志去对他说话吧。

"你想来吓唬我，就像你讲一个幽灵的故事来吓唬小孩一样。你早就谋划好了的，是不是？可是你知道你走不了的。走不了的。逃不脱的。这么久了，你那古怪的、可贵的脑袋一直在寻找让不可能变为可能的办法，你的确也找到了，因为这是你的工作。你不知道这答案对不对，但这是你找到的最好的答案。可是你害怕了。你内心最优秀的那一部分想去尝试，可是其它部分却在抽搭呜咽。"

他站在那宽厚的背旁边，对着细雨和虚无说话。

"现在，我要告诉你别人不知道的事。他们或许会认为我是疯了；可那又有什么关系？他们总有一天会知道的，当我——但是你现在就能知道，一对一，就在这座塔的底部，在这上边没有人听到的地方。我的孩子。这座教堂是祈祷的示意图；而我们的尖塔将会是最高层次的祈祷示意图。主在幻象中向我——他无利可图的仆人，显示过这一点。他选择了我，他选择了你，将这张示意图填上玻璃、铁和石块，因为人类的后代需要令他们瞩目的东西。你以为你能逃脱吗？你不是在我的网中——啊对了，罗杰，我理解许多事情，理解你是如何被牵拉、被扭曲、受折磨的——但那不是我的网。是主的。我们两人谁也逃避不了这项工作。还有一件事。我已经开始看出为什么我们也不能理解这一点，因为每上一英尺就显示出一种新的效力，新的目的。你会觉得这毫无意义。它使我们恐惧，它缺乏理性。可是，主什么时候要求他的选民要有理性呢？他们把这尖塔叫做乔斯林的怪物尖塔，是吗？"

"我听见过有人这样称呼。"

"这不是我的网，罗杰，怪物也不是我的，那是主的怪物。即使是在远古，他也从来没有要求人类理性地处事，人类可以自己理性地处事。他们买进卖出，治病治国。然而，在某个深层，却有指令要你去做毫无意义的事——比如去造一艘陆地上的船；去坐在粪堆里;去娶一个妓女;将他们的儿子供奉在祭坛上。然后,如果人类虔诚,新事物就会出现。"

他沉默了一会儿,站在打得令人发痛的雨中,看着罗杰·梅森的背部。是我的声音在说这些话的,他想。不,不是我的声音,而是强烈的意志的声音,我的主人的声音。

"罗杰?"

"怎么?"

"你会一直建到顶上的。你以为那些是你自己的手,其实不是。你以为是你的脑子在工作,在抱怨有困难,然后又因为解决了问题暗暗感到自豪,那不是的。就像用我的声音说这些话的并不是我的脑子一样。"

接着他们又沉默了;他意识到还有第三个人,那就是立在寒冷和细雨中的天使,在他的背后给他以温暖。

最后,营造商说话了,声调平板,无可奈何。

"要钢条,或许是钢条,我没有把握。我们可以用一根大钢条绕紧这上面的整座塔,把石块箍紧。我说不准,以前也从来没有人用过这么多的钢条。我还是不清楚。这需要花的钱多得多,多得多。"

"我会找到的。"

他几乎是胆怯地伸出手,碰了碰营造商的肩膀。

"罗杰——他不一定是毫无缘由的狠心,你知道的。呃,对于那些也许是因为软弱而需要慰藉的人,他甚至会派一个慰藉者站到他们的背后!在风雨中给他们以温暖。你是必不可少的。想想凿子是怎么一种感受,挨着磨,顶在硬木头上,一个小时又一个小时!但是,它后来又被抹上了油,用布包上,小心放好。一个好工人从来不使用工具去做它做不到的事,从来不忽视它,总是很小心地爱护它。"

他停了下来，思考着。我说到我自己，也许就像说到他一样。这曾经是喜悦；可是很奇怪，现在已经不再是喜悦了。只是对安宁的渴望。

“还有罗杰——你建好之后，尖塔立在这儿让大家看——网也许就会开了。”

营造商咕哝着。

“我不明白你的意思。”

“快点建吧——快点！在你和主罪孽产生共鸣，网不开之前——”

营造商突然转过身，头低着，向下。

“收起你那一套说教吧！”

“——因为对于我，你们大家都变得很宝贵了——你，还有其他所有的人——我开始离不开你们了。”

“你什么意思？”

我什么意思？他想着。我是指古迪和雷切尔的事——我必须对她说，就像我对他说话一样，或者像意志对他说话一样。

他朝营造商严肃地点了点头。

“我现在要下去了，罗杰。我有事情得做。”

他因此和天使一道往下爬，影子还没消失，他就听到罗杰·梅森低低地说。

“我看你就是魔鬼，是魔鬼本身。”

但是他下去了，声音没了，石柱又开始了歌唱；当他走到十字中心的地面时，他们的歌唱已经让他把目的抛到脑后去了。

随后几乎一个月，塔没有再往上冒，倒是冒出了一丛小尖塔，一共十二个，每一个角落三个，每一组的中间是主尖塔。罗杰·梅森在上边呆的时间少了，把工人们留给贾汗去管。贾汗乐呵呵地指挥他们干活,每一块石头里他都能挖出一个笑话来。这样,乔斯林就只好去干他的正事,抓紧补办该办的事,虽然要赶着办完这些事还要很长的时间。营造商却大多数时间呆在地面上,和铁匠们说着话;雷切尔又和他说着话。他们就这样避开了乔斯林。而且,塔顶现在很挤,他只能伸长脖子瞥几眼,看工程的进展。他看着,在二百五十英尺的高空,一个无声的贾汗在对凿石工人说着好话,让他们在每一个凸出的地方都凿出凹槽,这样,用一根钢条就能圈住,并整齐地嵌在石块上。有几次乔斯林站在塔上的小尖塔丛中,看见河边那个长长的棚子又热闹了起来。棚子冒着烟,整个白天,半个晚上,铁锤响个不停,就像没有调好音的一组钟发出的声音似的;当夜幕降临的时候,他看得见倒映在河中的火光。在塔内,两层楼板遮住了一切,只留下了中间那眼井。随着小尖塔丛的上升,工人们整吨整吨地拆走了用不着的脚手架。他们将材料从墙上用力拔出,用石头填住大多数的空洞。剩下那些孔,渡鸦和鸽子好奇地前来窥视。不久就所剩无几,只有从中间那个孔垂下来的绳索和一处陡峭的木楼梯沿着墙呈之字形而上。塔上留下的惟一的临时性建筑就是那个燕子巢,工人们在那儿存放工具,罗杰·梅森放他的仪器。很快,尖塔的底座就会有宽敞的空间了,因此,甚至也通知了要拆除燕子巢。剩下的脚手架现在是在塔顶周围,就像一个头发乱蓬蓬的脑袋;又像是在怪诞的、八十英尺高的窗户上方的那个鹳雀巢。

一天,乔斯林开完会走出礼堂。会上吵吵闹闹,教士们听到要追加费用的消息,先是怀疑,然后是愤愤不平。最后,他灵机一动,明白了他只能在这些文件上盖上自己的私章。他在教长宅邸盖上了私章,没有再跟任何人讨论。但是想起神父会礼堂那种紧张的气氛,他又高声笑了起来;他的天使对于他既是福祉,又极度让人厌烦。因为他自己的意志松懈了,所以他无法控制住那些在脑海里闪过的想法和眼前闪过的景象，尖塔、红头发、狼一般的嚎叫，最后闪得他对塔上那不寻常的安宁充满了渴望。他出门走到围地，突然听出那儿悄无声息，整个世界都屏住了呼吸，那是因为工棚里寂静无声。他走进中殿，听到了做弥撒间歇时有一点声音，因为大石柱正在歌唱——噫——，似乎这种紧张已经无法忍受了。他慢慢地、轻手轻脚地走上了旋梯，走向那小尖塔成簇的安宁与幸福之地。他像个幽灵，悄无声息地走着；这也就是为什么在塔的木梯子上走了一半，他就听到了呻吟。这声音使他在梯子上停了下来，天使压得他弯下了腰，他两只脚踏在不同的杠上，手紧紧抓着。这是掉入陷阱的动物发出的声音，也许是一只狍子。它在陷阱中已经不再蹦跶了，现在什么也不是，只是个无助的可怜的东西，他侧目看了看燕子巢。燕子巢顶上有个采光的豁口，一根直柱挡在豁口中间，直柱上仍然长着树皮。树皮之外还有什么东西。那是一只手在紧抓着直柱。那只手乔斯林看过多次，它接触石块和木料，摆平仪器，愤怒时攥紧，绝望时抬起。他熟悉那手的棕红色，就像他熟悉自己手的苍白色一般。他看见那只手，认出了指关节上肮脏的白点；看它如此激动地抓着木柱，还没来得及想这意味着是谁；另一只手，更小、更白净、更柔软，轻轻地滑到它上边，紧紧地握住了它。

他大张着嘴，一动也不动，连眼也不眨，呆立在楼梯上。他听到了她的声音，是呻吟、恳求、天真无邪的甜美的声音。

“我没笑——是吗？”

粗壮的手指一下从木柱上放了下来，两只手绞在了一起，消失了。更熟悉的那个声音艰难地传了上来，好像是从灰色的地面下方的坑底传上来似的——

“啊，天哪！”

他忙不迭地退下梯子，嘴仍然大张着。他站在拱顶上方的横梁上，低下头，双手捂住了耳朵。他左右摇晃着，环顾四周的石头墙。他摸索着走到旋梯旁，跌跌撞撞地走了下去。在黑暗中，在他那眨也不眨的双眼前，往事汹涌而来——一个着绿装的小姑娘在围地跑着，在教长大人，我尊敬的神父到来时得体地放慢了脚步，羞怯的微笑，唱着的儿歌引起了注意，得到了赞许，最后是期待，是期待，等待，钟爱，温暖了心头，一种超越了世俗的喜悦，和瘸子的包办婚姻，遮住了的头发，帷幔——

“啊，不，主啊，不！”

建筑材料的代价。

他终于走了出来，走到教堂里歌唱的石柱下。雷切尔出现了，在他前前后后走着，然后跑了起来，他忍不住高声地咯咯笑了。罗杰不在铸造棚里也不在堆木材的地方，他是不是在塔上，还是在楼梯上，他要吃饭，他累坏了——从中殿一路走到院子里的黄昏中，她一直跟在他后边，说着废话，唠叨着。他走进西门，要为她祈祷，免除他的，也免除她的痛苦。他看见她站在面前，在告解神父、殉道者、圣人的沉重压力之下，她那件红色的、离谱的衣服还没有整齐地穿在矮胖的身上。她双手捂着嘴，不再说话，紧张的、受伤害的眼神，双眼在那张变老的、抹了粉的脸上突了出来。他因此离开了她，最后跪在自己的位子上，口仍然张开着，眼睛仍然大睁着，却什么也没看。

到了第二天晚上，燕子巢没有了。

第七章

他去祈祷,可是祈祷也不一样了。他身处一片小小的灰色空间,又紧张又害怕。当他抬眼看着那过去给他以救赎的地方时,那红色的、打着结的头发垂落了下来,闪亮着。因此他只好退缩了。他总是对自己说:我必须奉献这一切!接着,无言地、不由自主地,他总会感到自己的内心只是在问着一个问题:到哪里?要是他有意不去想那头发,他也许会有些相对超脱的时候;接着,似乎是某个人或者某个东西又拿了这头发,晃荡着拿过来。头发回来了,悬在他眼前,鲜艳、真实;她也就回来了,绿色的丝带,撕破的衣服,眼睛上的两片黑看了过来。他就会突然站起来,漫无目的地走了出去。有时候,他会迅速有力地吐出:“杰作!杰作!杰作!”并急切地对工作着的人们说着话;随后又想起他们根本就一无所知。有一次他茫然地站在空荡荡的教堂西边,心潮翻滚。就在这时候,他看见她从中殿走过,怀着孩子,沉重、笨拙地走了过去;他感到内心爱与淫欲的交织,一种渴求,要知道是怎么回事、在哪儿、什么时候、是什么。因为燕子巢里的那些话似乎使他乱了方寸,陷入了混乱之中。混乱之中他们四个人已经履行了某种亵渎的婚姻仪式。当他从这纷乱中暂时清醒过来的时候,他发现自己忍不住喊了出来,因为中殿这长长的石头棚子还在响着回音,可是他却不知道自己说了些什么。

我必须去找她,他想,我必须去挽救可能挽救的一切。但是,甚至在他这么想的时候,他也感觉到了内心的淫欲就像麻风一样,知道如果他发现她是单独一人,他能够做到的就是询问她,探问她,逼她说，却弄不清楚自己究竟想要什么。他突然意识到了自己是什么，一个高高的憔悴的男人，穿着教士服站在教堂西边，双眼凝视着木屏障，拳头紧攥。他又一次爬上阒无一人的塔，经过原来的燕子巢。想起燕子巢就刺痛了他，使他喘不过气来。他驱使自己从塔上看出去，看到外边，人们在那里干着令人不解的活；他还看到很多人停下了手头的活。带有小尖塔丛的塔吸引了他们的注意力。通向教堂围地的道路尽头一直都有人。男男女女站在那儿，他们离得那么远，脸一片模糊。他们在向上看。有些人走了，其他一些人又补了进来。这是一个不断的流动与补充的过程；他看着他们，感到满肚子的怨气，他对着风说话。

“对这一切，你们这些人知道些什么？”

塔的顶部静静的，就在他身旁，平淡无奇。他目光扫过每一个地方，在尖塔将要升起的四周冒出了一片石林。这和我模型上的一点也不像，他想——一点也不像我幻象中的，不过我们在尽力。也许这是一幅他们不了解的、怪塔的示意图。

接着，他大声喊了起来：“工作！工作！工作！他们为什么没来？”

他匆匆走下塔去找营造商；当他下到地面的时候，恼怒变成了狂怒。营造商这时却正在忙着。他已经把工人们集中到了北耳堂旁边的工棚里，以他蜉蝣般的生命力量，对他们生硬地说着话。乔斯林听到他说话，怒火消失了，变成了急切不安地要把事情办完的愿望。因为罗杰·梅森正在挨个交代，不管被交代的人干的是哪一行。乔斯林明白了：他们正在解决钢条的问题。他手头还有事情，因此，带着他的无能为力，乔斯林一路祈祷回到了教长宅邸。天使和魔鬼都来临了，亵渎的联姻猛烈冲击，他只好等待着黎明的到来。果然，与教堂分离的钟楼上大钟报时了，通往教堂的所有道路上都是一片说话声和脚步声。他到塔上去看，罗杰·梅森却行使职权把他赶了下来，这使得他们两人都很震惊。他只好像雷切尔一样在围地里走来走去；后来他想起了自己要干的事，就回到屋里去了。他给斯提尔特伯里的女修道院院长写了一封长信，陈述了一些事实。但不是所有的事实——要求在特定条件下，一个可怜的、堕落的女人能得到收容。随后他来到中殿，看着石柱，发现自己在想：它们也许和他感觉一样。不过，它们至少是感觉不到这另外一点的，这内心可怕的沉重，纯粹是人类所特有的。然而他没法看到他们的工作，只好走到了长棚里。棚里除了八角木架和木匠师傅之外，已经没有其它东西了。八角木架看上去很重，足以抵御最强劲的风；至少木匠师傅是这么说的，他一边抡着大锤要砸开第六个八角木架。他的话音有点不对，使乔斯林要追问下去，可是木匠师傅却什么也不再说了。

这时候太阳高照，影子缓缓地滑过围地，滑回到将它们投射下来的高墙。在它们中间多了一个影子，那是塔的影子。当它从秘书室教士的屋子上滑下来的时候，乔斯林看见它的尾部似乎有点摇摆不定。他匆匆走过围地，几乎来到了城里的人们聚在一起等待的聚集地旁边。当他向后转，抬头往上看时，塔顶冒起了烟。不管他走到哪里，兜着圈也好，停下脚步也好，那一天，无论他什么时候停住脚步往上看，都可以看见烟在升起。既没有变浓，也不会消失，使得整个天空都在颤抖。教堂的影子从对面滑走了，烟却仍然在升腾；夜幕降临了，他看见了塔顶燃烧着的火光。——偶尔能听见在那一大片的铅皮屋顶上，在一桶桶的水旁边躺着、睡着、吃着、喝着的人们的声音。他去睡觉了；可是，来自塔顶的一声奇怪的巨响使他赶紧爬了起来。这种难听的巨响和以往从河边工棚里传来的一样。他穿上披风走到围地，从一群群笑着、又快又含糊地说着话的城里人中间走过。一串串火花从塔顶落了下来。它们从塔顶燃烧着的火光中射出，落到屋顶上的时候还在燃烧着。有一次，塔上还传来一声尖叫，伴随着叫喊和骚动。好一会儿，没有火星再掉下来。但是，看热闹的人们还没闹清楚是怎么回事，火星又倾泻下来。没过多久，一个人跌跌撞撞地从北耳堂门走了出来，他的一只手包着浸了油的粗麻布。他不理会乔斯林的问话，朝着新街走了，一路呻吟着、咒骂着。周围有很多人，只要他们愿意，都可以照顾他。乔斯林感到整个城市似乎都醒了，在街上，在围地，在开着的铰链窗后，人们都在往上看。在这气候温和的夜晚，在群星的映衬下，塔放着光，喷着火花，冒着渐渐变淡的烟。接着，在黎明前的一个小时，那不和谐的钟声不再响了。火花没了，代之而起的是一股股冲天的水汽，就像不见太阳的石头一样无色，看上去似乎是连续不断。当黎明到来的时候，连水汽也消失了。高空中的那些火炉滴着炭和水，在大块的玻璃旁边缓缓地移了下来，直到屋顶上的各组工人把它们抓住，收了进去。天渐渐放亮，太阳在升起，饥饿和失眠使乔斯林浑身疼痛。不过他还是走上前去，和塔上下来的工人们打招呼。他们却不理睬他。他们走了下来，摇摇晃晃，脚步踉跄，睁大着眼，目光越过他看着他们远处的床，他们的双脚拖着他们走了。他只好站着等待罗杰·梅森，对睡眠充满了厌恶。可是罗杰·梅森一直没来。最后，他胆怯地走进了十字中心，爬了上去；当他走出旋梯口的时候，他已经忘记了一切，惟独记住了塔的存在。刚起了一阵风。在晨光中，整座塔都在说着话、呻吟着、吱嘎响着，发出抗议，每隔一会儿，就“砰”的一声响，令人要止住心跳。不过他记得提醒自己这座建筑是谁的。他控制住咯咯作响的牙齿，爬了上去，经过原来是燕子巢的那个角落，爬上斜斜的楼梯，最后在石堆中的木屋顶上走了出来。那里到处是炭和水。他抓住矮墙往下看，却看到所有的人都在往上看,一片模糊的白脸——钢条就在那儿,一英尺宽,两英寸厚,钉满了蓝色的钉,钢条严实地绷紧石头的缺损和破损处。可它是活生生的,正说着话。它喊着,咣当——哐。它嘴巴开合着,停顿时发出的却是连续的鸣叫。

他屈膝跪了下来,目光凝视着两垛饰墙之间的空间。我来了,他想。事情就是这样。这是我的地方。我不会干木匠活、铁匠活、石匠活,但这就是我的作用。

他俯身祈祷;祈祷之前,他斜倚在一座尖塔的底座上;他睡着了。他的天使来临了,是长着三对翅膀的隐身天使。天使站着,温暖着他的背部。

风吹动着他的头发,把他吹醒过来。他慢慢从梦境中醒了过来。那些梦却渐渐消失了,把他独自留给了风。他睁开眼;一阵晕眩之中意识到自己正在往下看着回廊,几乎是在二百五十英尺的高处垂直往下看。他又闭上了眼睛,闭得紧紧的;目光朝向内心,寻找安谧的梦境。可是它们永远地离去了。他意识到这又是不可逃避的一天,必须忍受,就像石柱一直在忍受那样。我一向虔诚,他想。我们已经走出这么远了;那个想法令人如此宽慰,他因此好一会儿陶醉其中;接着他睁开眼,不再想了。风吹扯着他帽檐旁边的头发,吹出了他睡眼里的最后一滴泪水。

然而,不寻常的事发生了,他只好又思考起来。因为他要确定这不寻常是什么。它在他的内心,又像是经过他的身躯,通过碰触他的髋骨、或者是他的颧骨与尖塔的接触而发生的。"砰!"钢条断了,好像要证明他猜对了;也许石头本身就已经具有了新的品质。这是如此微妙的新品质,惟有这孤寂、这肌肤与刚刚凿出的石头表面的亲密接触才能察觉。这是石头的新品质;沿着他右侧的石头一直往下。这石头——他的手试探着在上面摸索——这石头。现在手摸到的时候更真实——更不真实？更真实？有一会儿，他在迷幻之中感觉到石块像枕头一般柔软，暗自寻思：我还在半醒半睡！可是一只渡鸦从饰墙边朝下擦过，发出粗重的叫声。那是理智的叫声，是白昼，是实事求是的。他躺着，茫然地往下看着回廊，看到穿着便鞋的脚和长外衣的边悠闲地经过，消失在拱廊的一个个缩小了的圆拱尽头。

唱诗学校的男童们又把棋子留在了拱廊的窗台上。他看不见刻在石头上棋盘中的四方块，倒是能看见上面摆着的白色骨质棋子。他看得见其中的一些；只是其中一些，因为饰墙之间的石块挡住了棋盘的一角。看着棋，有一种孩子气的安全感，白色的棋子，一、二、三、四、五——

他的脸颊靠在小尖塔上，变得僵硬了。他意识到自己一直都没有动。然而第六个棋子出现了，进入了视野，下面又是棋盘的一块。他清楚自己没有动；但是他知道塔动了，在这上边轻轻地、无声地移动了，虽然在它移动时下边的石柱也许曾经呼喊过——噫——。一次又一次，他凝望着白色的棋子映入眼帘，接着又消失了；他知道塔在脚下左右摇晃，就像一棵大树似的。

他慢慢地把目光移开，看着炭和正在风干的水洼。我决不能叫出声来，不能跑，他想。那样与幻象是不相称的。他小心地站了起来，掂量着双腿所承受的体重。他一步一步，小心翼翼地走下话声嘈杂的塔，走下陡直的梯子，走下旋梯，来到空无一人的教堂内。石柱又唱了起来，现在他已经对它们歌唱的节奏有所了解。他让自己站在十字中心，倾听着，好像那是一场忏悔似的。它们或许会停一会儿，然后又——噫——放声歌唱，持续，最后才渐弱，直到停止。

他低头看着新铺的地面，幻象就是在这儿出现的，他想，就在这些石块上。在这里，在多年以前，我跪拜我主，将我自己奉献给了这一壮举。我一向虔诚。你是主宰。

然后,他慢慢地、头也不回地走了。

可是他这一天还没有完结。

他来到教长宅邸,一个骑马人带来了一封信。那人从斯提尔特伯里回来,走了五英里;当乔斯林发觉一封信的来回居然如此之快时,他首先想到的就是斯提尔特伯里太近了。第二个想法更乱,是觉得斯提尔特伯里够远的了。不过他还是拿过信,拆开信封,看了起来。没错,斯提尔特伯里会收留这个可怜的女人,但是除了他提出的条件之外,还有其它条件,加起来是一大笔款项。他走到自己的保险箱那儿,取出了钱。我知道他们会说什么的,他想。先是乔斯林的怪物,现在是乔斯林的婊子。不过我不在乎他们说什么。我忍受嘲弄由来已久,现在已经感觉不出来了。这事也一样。

他再次走过围地,走上歌唱的石柱之下的中殿,走过南耳堂,朝潘格尔的王国走去。他站在门边,看着那坍塌的小屋,心事重重。他站着,感觉到痛苦的潮水涌了上来。他暗自寻思:这是最糟糕的!办好这件事,我就心安了。这事必须办,为了我,为了他,也为了我可怜的女儿。

因此他鼓起勇气,准备进小屋去;可是,他还没来得及迈步,就被猛地推了一下,推得站不稳脚跟。他的右眼旁闪过一道猩红的光,雷切尔·梅森冲过院子,冲到了小屋前,"砰"的一声撞开了门,冲了进去。屋里马上传出了摔打声、尖叫声和吼声,雷切尔高声辱骂着。门弹开了,营造商跌跌撞撞地跑了出来,双手捂着渗血的脑袋。马上,雷切尔就追了出来。她声音嘶哑,大声诅咒着,挥舞着扫帚猛击他的头和肩膀。她的手指间缠着一绺红头发,当她挥舞着扫帚柄的时候,红头发弹动着、卷曲着。她不停地叫着、喊着,唾沫四溅，那似乎要蹦出来的双眼什么也不看，只看着她的靶子。两个人在乔斯林面前跌跌撞撞地跑了过去，根本就没有理睬他。他听到教堂的讨伐之声越来越响，听出了周围有不少工人，因为他们在笑。他站了一会儿，这儿看看，那儿看看。接着他匆匆走过院子，站定了，手上拿着钱，站在开着的门中。

古迪·潘格尔半跪在死气沉沉的火堆前，黑罐子挂在链条上，还在慢慢地、微微地打着圈子，她的右腰和双手支撑着身体的重量，她的双腿弯曲着。从门那儿透进来的光在她裸露的肩膀上微微闪亮，她低着头，红色的、被撕扯过的头发像瀑布般落了下来。她喘息着，抽泣着，浑身剧烈地抖动着。他长长的影子落在她身上。她看着，看见了，尖声叫了起来。他伸出一只手要阻止她，突然她自己不叫了，似乎要振作起来，蹲坐下来，朝里看着。她突然缩起双腿，缩到裙子下边。她双手抓着腹部，又尖叫起来；但是这次不像原先的尖叫。这声音既短促又尖锐，就像残忍的刀刃。接着，她就这样一遍又一遍，尖声叫着。

钱从他的手上掉落下来，他转过身，沿着院子一路喊着跑上了南耳堂。

"快叫女的来！看在上帝的分上！啊，天哪！叫接生婆！"

在十字中心的工人们到处乱跑，争论着、叫喊着。乔斯林跑回到院子里，在那里刀子仍然在猛扎着。他跪了下来，断断续续地祈祷着发发慈悲吧，发发慈悲吧，我当时不知道结果会是这样，不是这样啊一切只要停下刀，难以忍受的——脚却在他身边走过，人们喊着，更多地争执着。他站了起来，跑到小屋门口，要去帮忙，去干点什么，什么都好，发发慈悲吧。工人们抬起那白白瘦瘦的腿，那白色的腹部在剧烈地颤动着，她尖叫着，地上的钱沾上了血，整个世界都在打转。当他恢复知觉以后，他不得不参加一项可怕的洗礼仪式；

接着,女人们来了,安塞尔姆神父带着油和圣体来了。他将圣体放在那苍白的、虚脱了的脸上。乔斯林走开了,沿着院子从一面扶壁走向另一面扶壁,一会儿靠靠石墙,一会儿又抓紧石墙,就像在风中摇晃的芦苇一般。他摸索着走到高坛前,跪下来为她祈祷,但是头发和血模糊了他心灵的眼睛。那是在她看见我的时候,他想。我是她心目中的教堂,我是她的控告者,所以她从我身旁逃开。啊,主啊,保佑她吧!我愿意献出你所赋予我的生命里的一切,让她得到安宁——只要止住那闹声,那血,还有在我的脑海里歌唱的石柱。一年多以前我看见了他们,帷幔罩着他们,他们走到哪里,帷幔就延伸到哪里。在你的眼皮之下,我却允许他们这样。一年多以前我——

他跪着,除了那个大发雷霆的女人,其它什么也看不见。他不时地扭动着,呻吟着,不时地说着话。

"我是一个受保护的人,我从来不去跟恶妇人斗。"

在纷乱的画面中,他忘记了自己的双膝,忘记了饥饿,忘记了一切。这些画面展现在他眼前,似乎是相关联的,虽然它们既无次序,也没有逻辑。包办婚姻,燕子巢,还有头发、血,一个瘸腿拿着扫帚一瘸一拐地走过十字中心。他看不明白这些,只是呻吟着,颤抖着,忍受着这一切。然而,就像新生命的来临,话传了过来。似乎与他生命的全部,他的罪恶,他那做出来的残忍,特别是他的忠诚意志那令人敬畏的光焰都是相协调的。那是唱诗班的男童有时候在复活节唱的,是奇怪的语言;但现在却是惟一有意义的语言。

为了我真正的爱,我这样做了。

那天深夜,他还跪着在发抖,亚当神父摸索着走过一排排越来越暗的长凳,来告诉他古迪·潘格尔已经死了。

第八章

就这样，人们将她埋在了荒凉的土地上。就这样，他漫无目的地走着，很少注意到什么。他漫无目的地走着，除了自言自语，很少和别人说话，或者只是对着某个无名的、无形的助手说话。他总是不知不觉地沿着南侧廊走，一个拳头攥紧靠在胸前；后来又想起他自己说过些什么，说了一遍又一遍。即使是像有时候他能够想得起——即使话讲了一半他听到了自己说话——那也是毫无意义的话。他总是站着，看着面前，抬着头，攥紧双拳。他要作出积极努力来控制住自己，弄清楚自己到底怎么了。接着，他就会感觉到情感在内心升起，升上了胸部，就像涌上来的一层黑水。他的天使经常站在他身后；这使得他精疲力竭，因为天使是荣耀的重负，压弯了他的脊椎。更恼人的是：天使走后，似乎为了让他保持谦卑，撒旦得到允许来折磨他，一把抓住他的下身，使它真正变得难以控制了。

接着，他又会不知不觉地重复着一个字，不，不，不，不，不，也许是好啦，好啦，好啦，好啦；每吐一个字，他就要用手掌轻轻地拍一下祈祷椅。这常常发生在他腹部的黑水——这时已经漫了上来，压紧了他的胸部——上升了一点的时候。他无数次地站着，面对着墙，手平放在上边，发现自己一个字也没说，没有一个字，没有一个字，没有一个字。尖塔也在眼前，在他的脑海里显示出简单的几何线条的轮廓，还掺杂了其它东西。有时候，他心灵的目光转向尖塔，这使得他匆匆走向十字中心，去看，去给予鼓励，亢奋至极也不在意。

在有些人看来，他的眼睛具有了一种新的技能。（是痛苦促成的，痛苦促成的，痛苦促成的。）他恐惧地、明确无误地看出营造商已经回到了雷切尔身边;更确切地说,在大家的眼中他又一次成为她的财产。(她是个好女人。她是个好女人。她是个好女人。啪,啪,啪。)两个人不再动怒吵嘴了。他们人在一起,但是已经不再围绕着对方转了。罗杰·梅森站着看自己的活,肩膀稍向前倾,专注于手头的事,阴沉沉的。她总是站在他身后,稍稍侧向一边,不是看他干活,而是看他人。他用新的目光来看他们两人,看见了罗杰·梅森脖子上的铁颈圈,看见放松的铁链从那儿一直延伸到她的右手。如果罗杰往上爬,她就站在下面,手握铁链,等待着再将他锁上。

这时,他就会有一个狂热的想法。

"现在,即使我叫他造一千英尺,他也一定会的。我得到了我想要的。"

(不,不,不,不,不,不,手压紧,放松,在某座墓地边上压紧,放松。)

有一次,他的双脚拖着他不知不觉地来到了潘格尔王国,它坍塌的屋子房门微开着。(主啊,主啊,主啊,拉着,拧着,撕扯着高高的草茎。)因此,他让双脚匆匆走回教堂,逆时针方向走到了圣母堂。他口里说的是平常所说的,但是他看见的却是不,不,不,不,不,是白色的身躯,无法再流回的血。接着他又想起了安塞尔姆,但是他知道他无法对那个高尚而又空空如也的脑袋解释清楚这些事。(我必须换告解神父,我必须换告解神父,我必须换告解神父。)可是,他还没想完就忘记了自己刚才说的话,因为她又回来了,她那备受折磨的身躯出现了,还有那可怕的洗礼。

他呼出了一口气,仔细地看着面前木头的纹路,高声而又谦卑地说:

"我不很聪明。"

好像天使对他悄悄说了些什么,马上就得到了帮助。

“要像以往一样看待她！”

他马上高兴地想起了那个从市场回来的姑娘，挎着篮子，笨拙而温柔；这使得他站了起来，匆匆忙忙地笑着走了，差点没看见秘书室教士。他只好站定了，点着头，微笑着，那人却在说着话。可是他的思绪却回到了幸福的五年前，回到了那桩包办的婚姻上，在他回忆的时候，秘书室教士消失了。（这样般配，这场势在必行的婚姻，他们的父亲都是教会忠实的仆人，尽职尽责。）

我没有笑——对吗？

（不，不，不，不，不，不，不，手压着，压着，压着——）

赶快到十字中心去干要紧的事，最主要的建筑，理性、要旨已经奠定；雷切尔老了，话少了，直视着他，要惹得他把她看成坏人——可谁能办到呢？在已婚妇女的圈子里，她是个英雄，的确如此，我必须相信这一点，因为她努力夺回了她的男人。可是石柱又歌唱起来，他倾听着，忘记了她的存在，心中明白恐惧是如何随着这歌唱而到来的，把所剩无几的教徒赶出了圣母堂。

（他们是小人，是些小人，小人——）

他又大声说了起来。

“那里有了不起的人，就是那些工人！”

似乎是对他的回应，一个工人干完活晃晃悠悠地走了下来。他拿着一个工具包，正在把蓝色的风帽拉到头上。他毫无表情地从乔斯林身边走过，匆匆走进了北耳堂。

“回来！”

北耳堂那个旧口子现在成了一扇门，门“砰”的一声关上了。回来的是领唱，在这死一般的寂静中要说一会儿话，他显然是大为震怒了。还有那死去的女人，那目前无法做的祈祷，还有一个工人的逃离，乔斯林只能双手捧着耳朵，摇晃着。

“很有必要,非常必要,我得放弃其它一切,去和这些人在一起。他们没有信心,他们需要我。你们将其它事务分摊,我要呆在这儿,每时每刻,在这新建筑里。”

他眯起眼睛看着塔的底座,根本没有注意到领唱是什么时候走的。他匆匆来到营造商身边。

“现在我会一直在你身边。”

罗杰·梅森从颈圈上方看着他,双眼呆滞。

“好,教长大人,噢,非常好。”

乔斯林想起了领唱在他身后叫喊。

“你听到了吗,我的大人?”

石柱还在唱个不停。他束好腰,一直往上爬进了塔里。他一看到工人,便乐呵呵地和他们说话,一边还笑着;他们也笑,不过有点犹豫。他们告诉他长绳子的事,对他说长绳子是怎么闹鬼的,最后他自己走过去看。这确实是鬼魂附身。绳子从塔上垂下来,穿过十字中心上方那个宽宽的孔,绳头耷拉在地面上像条死蛇。他看着装八角木架的材料用这根绳子吊上来重新安装,他听到地面上的工人远远地回答上边的招呼声。接着,材料缓缓上升到空中,没有多一句话。上升到某一点时,无论工人们如何小心往上拉,绳子总要盘旋蛇行,碰到孔的边缘。因此,把木材拉上来需要判断准确,以免碰碎石块。

他看见罗杰·梅森爬上塔基,听到下边雷切尔站在地面的最高点喊着,教他怎么做。这使他想起了原来的燕子巢,他气喘吁吁地爬到了那地方。高声对天使说话。

“她从来就不上这么高。”

这让工人们听到了,误解了他的意思,笑了。

“是的,这么高,他就甩开她了。”

接着，贾汗朝下看着爬上来的营造商，逗得工人们像唱诗班的男童一样吃吃地笑了起来。

“总有一天，她还要跟他进茅房呢。”

就在那一天，乔斯林还发现了另外一件事；罗杰·梅森已经开始酗酒了。此后，他仔细观察他，发现他不是在喝酒，倒像是让酒泡过似的。几乎隐约可见他呼吸中的酒。他爬上来的时候，左一口、右一口地喝着，有时就站在梯子上喝，有时蹲在上升着的圆锥旁喝，圆锥就是尖塔的外壳。当乔斯林意识到这一点的时候，他一阵恐慌，就像在一个醉酒的船长驾驶的船上似的，不过这恐慌又消失了。从那时候起，他不再理会那些总是习惯在地面工作和生活的人们。

石柱在继续歌唱，这时，消息传到了乔斯林的耳中：它们是整座教堂惟一在歌唱的东西了。弥撒到别处做了，义愤填膺地移到了主教宅邸。有时候，他匆匆忙忙地从家里走到教堂，会偶然遇见一位主事，但从来没有碰到过什么麻烦。主事什么也不做，只是板着脸看着他走开。甚至当亚当神父告诉他神钉和巡查要来了，他也只是迷迷糊糊地说——“巡查”？——然后爬上去，不见了。

他在塔上对营造商没有任何好处。他连续不断地，不可遏止地喝着，就像自然界的一个过程似的。有时候他绷着脸，骂着脏话要工人们完成一项工作。乔斯林在近旁的时候，他满口污言秽语，以至于那洁白的躯体都从乔斯林的脑海里消失了。这时候他就会走开，坐在一个角落里，手捂住耳朵挡住那咒骂声。这时姑娘就会回来，也许是他会记起她双脚是怎样在围地、在教堂、在集市绘出一座金色迷宫的；这时候他就会双手捂着脸，呻吟着。

“她死了，死了！”

有时候情形相反，罗杰会虚假地、傻乎乎地表现出高兴，逼着旁边的任何一个人喝酒。但是在大多数时候，他只有痛苦，行动迟缓，脚步沉重地爬着梯子；每天干完活，他就会下来，到雷切尔给他戴上颈圈、把他牵走的地方。这时候乔斯林就会兀自点着头，自信地说：

“他不在乎自己是死还是活了。”

尽管如此，当她第二天去困扰他，他要与罗杰联合起来把她甩掉的时候，却发现自己对他的判断错了。罗杰一定是在乎自己是死还是活的，否则就不会那么明显地表现出恐惧。没有办法明确解释为什么营造商如此明显地表现出恐惧。乔斯林看待这恐惧，就像他看待帷幔和铁链一样；他也看出这恐惧是非理性的，就像一头健康动物的恐惧一般。这是一种中毒般的恐惧，就像罗杰恐高的老毛病一般。现在，这种恐惧使他手抓得紧紧的，眼看面前，忍受着恐高的不适，因为他不得不如此。他不在乎死，乔斯林想，真的，他想死；但是他害怕摔下去。他会愉快地接受长眠的结局，但是不愿意坠入长眠。这也是他上一层就喝一口的另一方面原因。他这里呷一口，那里呷一口，嘴里喷着热烘烘的臭气。

这样就有几个人在尖塔的底座干活了，其中一个是醉鬼；另一个目光避开地面，因为她双脚绘出的金色迷宫就展现在下面；其他人或多或少是精神正常的。塔的顶端有一层错乱的木地板。因为这是可能了解的一种错乱，它吸引了乔斯林。在北耳堂旁边的棚子里，乔斯林从来没有见过像这种样子的。这值得留心，发挥了才智。地板上的八角木架被均匀地凿着槽，每道槽内都打进了一根楔子。工人们已在这上面装好了第二层八角木架，第二层八角木架就固定在楔子上。一根缆绳结实得足以拴住一条船，它箍住了下层的八角木架，箍紧了那些楔子。他问罗杰这是干什么用的，没有得到回答，却引来满口臭骂。他只好回到一个角落里，默默地想他自己的事。在这以后的一个晚上，当罗杰发着牢骚走下梯子之后，乔斯林把贾汗拉到一边，指着楔子。

“给我讲解一下这东西。”

但是贾汗却当面嘲笑他。

“这是疯了。”

乔斯林摇着他的肩膀，就像过去一样。

“我必须知道，这也是我的工作。”

贾汗在他手下耸着肩，他放开了手。

“这一切重量都落在楔子上。他会将木壳固定在压顶石上。要是在这之前就起了风暴——就要倒，乒，摔个粉碎！要是没有风暴，他就会一点一点地放松缆绳，让八角木架，或者是他们之间的部分伸展。这样就能固定，使尖塔能够挡住风。就这样。”

他踢了楔子一脚。

“他认为这整个东西都会伸展——那么多。谁知道呢？他也许是对的。”

“你以前看见过这样干的吗？”

贾汗笑了。

“以前有人建这么高的吗？”

乔斯林看着他们周围的石头外壳。

“也许国外有。他们讲过这种故事。”

“要是石头外壳不塌下来，压顶石不裂，要是木头拉长，要是石柱能撑得住——”

他又踢了楔子一脚，摇了摇头，悲哀地吹起了口哨。

“除了他，没有人会想出这样的点子。”

“是罗杰？”

“他是酒鬼，他疯了。不过，要建这么高，得发了疯才行。”

他转过身，沿着“陷阱”爬了下去。一两秒钟之后，他的话声从梯子那儿传了过来。

"在这上边,我们大家都疯了。"

这时候,乔斯林对于营造商有了某种深入的了解。我必须给予他我所有的力量,他想,因此,第二天上午他一直呆在罗杰身边,向他发问。

"这东西叫什么,我的孩子?这东西呢?"

可是罗杰·梅森根本不想理睬他。最后,他吼了起来。

"什么叫什么?这一块一块的石头和木头没有名称。那东西装在那东西上,又装在那个东西上——大概这样吧。别来烦我!"

他像头熊,脚步沉重地爬了上去,爬一半梯子就停下来喝口酒。乔斯林却跟在他后边,不是要和营造商在一起,而是要去塔顶蹲着,和工人们在一起。他知道自己在那儿是受欢迎的。起先他不明白自己为什么受欢迎,但最后他意识到自己是他们克服恐惧的特效药;他完全能够明白这一点,因为他的天使日夜相随,替他履行同样的职责。这样很好,虽然天使把他的腰压弯了一点。现在,他会在黎明时分回到教堂里,从某种程度上来说,站在他成熟的生活之中。如果一天的工作还没有开始,如果他能够避开那金色的迷宫,他就会站着,努力审视着那正在吞噬他的汹涌的情感之潮。

这叫什么?还有这?

有时候,站在幽暗的教堂里,他就会向自己提出一些命题,虽然他脑海里的尖塔使他无法得出结论。

"尖塔建好了,我就自由了。"

或者"这是代价的一部分,你知道的"。

或者"我了解作为凡人的安塞尔姆;还有他,还有他。但是我从来都不了解她。假如——那对我可就太宝贵了"。

这叫什么?还有这?

有一次他站在灰色的晨光中,内心平静了整整一个小时,他有了个想法。开头像一面空墙，然后对他又像生日对孩子那样富有意义。他朝着隔在他和圣母堂之间的木屏障看，回想着发生在他身上的一些事，这些事好像不是发生在今生今世似的。

主在那儿！

他站着，看着那灰色的石柱和透过纵向天窗上布道的众祖先画像的灰光。接着，他对着木屏障说话了。

“那也包括在内吗？”

没有回答；因此他急匆匆地走到了梯子旁，和工人们同时到，为他们祝福。随后，尖塔将其它想法都逐出了他的脑海。

不过，在越来越小的尖塔上干活，就等于又从地面上升了一层。这只是一个开端，不是终结。塔的轮廓朝下缩拢，所以这整座塔并不像是基础雄厚，而像是一枝射入地面的箭，上边是尾部，箭尾很难看。对于生活在空中的这些人，那能够察觉的摇晃已经不再像过去那样令人心神不定了。但是，在那有节奏的轻重交替之中有一种耗损，不是体力上的耗损，而是精神上的耗损。乔斯林明白了紧张是怎样积累的，经过一段时间，你就会感到自己已经屏住了呼吸，吓呆了，要拼死命抓住什么东西。然后，你会喘息着呼出这口气，轻松一会儿，直到这种紧张再次积聚。但是，在这三百英尺高空工作也有好处。当风刮来的时候，你听不见石柱的歌唱，虽然你会想起它们是在下边；它们是插在地里的四根针，支撑起这石头和木头的天地。

救治的办法就是从事需要全神贯注的工作，圆锥体的外壳必须造得极度精确，只有这样才能有最大的承受力。然而，除了无风天之外，在塔顶每铺上一层，总要表现出某种渐渐错乱的样子，就像地狱边缘的阴魂在游荡似的。从那以后，营造商对谁也不说话，只是沉思；有时候又突然对某个工人发起火来。

接着又发生了一件事，没有人能说得清是怎么一回事。它缓缓来临，就像空气中的温度下降一般。这也许是意识到他们身处从未有人涉足过的地方。谁也无法发现什么新的法则，新的威胁。可是某种异样的恐惧却冷冰冰、湿腻腻地粘在了外壳上。圆锥那儿人们说话不再是从容不迫；他们有时沉默，有时低声争执，有时却突然大发雷霆。有时候是一阵大笑，间或又有涕泪交流的。

还有人临阵脱逃，雷纳夫就是其中之一。他是个干瘦的、皱纹满面的小个子。他是那些不声不吭的人之中的一个，这也许是因为他的英语太难听懂，谁也无法听出其中的四分之一以上的缘故吧。他像蜗牛一般慢吞吞地干着活，从来也不停下来休息，歇斯底里的大笑或者发火也从来没有他的份。他常常被人遗忘。可是，只要往那儿再看一眼，就能看见又一块石头铺了上去，还带着他的标记。但是，就在七月的一个下午，当塔尖又动起来的时候，他退离了塔的外壳，开始将工具放进包里。其他人谁也没有说话，但却一个接一个地停了下来，最后全都在看着他。这对雷纳夫一点也没有影响，他就像以前无数次那样收拾着。他井井有条地收着工具，擦拭干净，用布捆好。他检查了自己的食品包，拍掉手上的灰尘。接着，他提起这两个包，慢慢地走下圆锥，消失了。其他人看着他的脑袋消失，然后一个接一个地回头干活去了。然而，这样一个人井井有条的脱逃却是一幅令人心寒的写照，不禁使人手脚发抖。

还有一个更令人心悸的缺陷。

尖塔的模型上有一个小圆盘，玩具十字架就放在这上面。当乔斯林第一次在北耳堂外看到木头支架中的这个真正的圆盘时，他起初是怀疑，随后却是一阵恐惧。圆盘比一个磨盘还大，一定是比一辆马拉车还要重；但是必须把它拉上去，一英尺一英尺地拉到顶上。他看着他们把圆盘移到十字中心。然后，像帘子一样密的绳索绑着圆盘，穿过拱顶，一层一层地往上吊。每一个停的地方都要用楔子和撬棍控制,准确定好点再往上拉,直到压顶石冷酷地压住第一层八角木架的中心为止。这也不算完成;因为随着石盘往上升,又出现了一个问题:第二层八角木架太小了,石盘过不去。因此,在三百五十英尺的高空,他们将圆盘移到了圆锥外,移到特制的脚手架上。在这以后,每往上建一层尖塔,脚手架和圆盘也跟着上一层。然后拆除下一层的脚手架,架在更高的一层,就像孩子玩叠手游戏一样。

乔斯林发现压顶石很难看。它摆在那儿,用垫块垫住,楔子塞住,用绳子绑在脚手架上,遮住了城里整整一个教区。而且,它还像穆罕默德的墓地似的,难以置信地悬在空中。当它在夏日的暖风中摇晃的时候,虽然灵魂充满信心,肉体却变成了肌肉收缩、神经震颤的东西。相信这东西会把下边那四根针折断,就像折断桤木树枝一般。这样,惟一能做的事就是不去想它,只将注意力集中到又朝五十英尺的高处上升的圆锥上;直到精神疲乏,再看一看就会看见整个教区都被遮住了。现在往下看,也没有过去那种既恐惧又喜悦的感觉了,因为外壳在收拢,圆锥内越来越暗。当目光真正看到锥壳外下方,看到飞鸟频频光顾的塔顶上向外伸出的小尖塔时,它很可能就要把一些石块与地球这蓝色圣杯上的一点联在一起了,还察觉到运动,或臆造出运动。他的双手也干不了活。他只能蹲着,紧抱着他的意志(或者说不管是什么意志),竭力要在这块新的、冰冷潮湿的地方支撑起尖塔,支撑起和它在一起的工人们。

也许这就是令他感到爬上来很吃力的原因。爬梯子弄得他气喘吁吁,所以他经常是爬上来之后就躺在木板上喘息,直到心跳平稳,或者说就像正常情况下一样平稳。手脚并用爬着梯子,还有天使的慰藉,都在压弯着他的背。他尽可能不去碍手碍脚,但这不容易做到,因为圆锥正在收拢。不过顶上没有人要赶他走。他弄不懂这其中的原因,直到有一天他去问贾汗,贾汗干脆地回答。

“你带给我们好运。”

随后是贾汗引发了下一轮的危机和失职。有一天他上来,脸板着,没有一点笑容,借过营造商的铅锤和线。当其他人在石头外壳内匆匆吃着中饭,营造商一声不吭地呷着酒时,贾汗迅速地走下了尖塔。

随后,吃午饭的人一片沉默。

不久,贾汗又走了上来,将铅锤和那一圈线还给了营造商,然后看着乔斯林。他脸上所表露的,使乔斯林必须去面对,去了解。他说话时,乔斯林听到他咯咯的大笑中带着嘶哑。

“怎么样？它们在下沉?”

重,停,轻,停。

贾汗舔了舔嘴唇,嘴唇周围带着肮脏的绿色。他的声音传了过来,低沉而嘶哑。

“在弯曲。”

接着又是一阵沉默,只有风吹在圆锥粗糙的边缘上的飒飒声。

接着传来的声音非常奇怪,似乎圆锥里有一个生人,或者是一个陌生的动物。是哞哞的叫声,是罗杰·梅森发出来的。他蹲在石头外壳里,直直看着对面。

“罗杰!”

重,停。

“我的孩子!”

轻,停。

营造商像只螃蟹似的在木地板上横向爬行,摸索着爬开了。他们听见他往下走,走下一架又一架的梯子;当他慢慢往下,离开他们的时候,只有哞哞叫的声音越来越响,最后变成了尖叫和歌唱,就像石柱的歌唱。接着,又是一片沉默。

突然,他们全都笑了起来,尖叫着,嚎叫着,用流着血的拳头猛击着石头和木头。在渐渐暗下来的圆锥中,强烈的爱的火焰从一个人身上烧到另一个身上。意志本身让乔斯林开了口,他在爱的火焰中承诺要给他们更多的钱;他们拥抱了那作为意志载体的瘦削身躯。

从那以后,他发现要对地面上的事置之不理就更容易了;这很有必要,因为石柱在弯曲,地面上的人们老是要打扰他。他所能做到的,就是置身于尖塔旁,对他们视而不见,直到他们离去。在这意志的沉迷之中,他听到了城里的人们是怎样诅咒他的,因为他终止了大教堂里的弥撒仪式。连不信神的人也在诅咒他。他们站在西门边,看着坐落于石柱之间的中殿。在他经受了天使与魔鬼斗争的折磨之后,如果那些人还在场的话,他们不敢公开诅咒他,却在他背后低声诅咒。他知道他们在说些什么,因为他自己就可以察觉石柱在弯曲。毫无疑问,贾汗是对的。坚实的石头不可能会这样,可是坚实的石头现在就在弯曲。只要在东边窗户旁往中殿看,就可以看见十字中心近前的两块石柱明显地向内弯曲,虽然眼睛得长时间地、仔细地看着。弯曲只有一个好处,那就是石柱越弯,它们也就越少歌唱。到了仲夏时节,它们似乎完全停止了弯曲,停止了歌唱。但贾汗说秋季的大风来了它们还要弯曲歌唱的,到那时他本人会去其它地方。除了建筑工人和带给他们运气的那个人之外,其他每一个人都为自己作了安排。

顶上,施工加快了。似乎每一个人的双颊都感觉到了秋季大风的迹象。从哑巴到贾汗,乔斯林对这些人的了解胜过他在以往生活中对任何一个人的了解。他是这群人中的一员。他紧挨着尖塔的外壳,蜷在里面,天使一直紧贴其背,他开始去搬木料和石块,拉拉绳,用全身重量压在杠杆末端。工人们虽然尊称他“神父”,但却爱和他逗乐,就像对待小孩一样。塔的外壳向上缩小,在帐篷般的空间里不时传出笑声,人们精神振奋。他们让他管金属板,金属板将光线反射到里面。他因此非常自豪,甚至掉了眼泪,虽然他说不清是为什么。他蹲着,扶着金属板,木工师傅仰面躺着,将木板钉在一个角落上。

“靠左一点,神父!”

“像这样吗,我的孩子?”

“再往左,再往左,扶紧了!”

他就这样蹲着,尽责地管着照明。他们都是好人,他想。他们亵渎神明,骂着粗话,干着体力活,可他们是好人。在这离地面几乎四百英尺的高空,在阳光下,我感受到了他们的美德。也许,他们就像我一样,是上帝的选民。

他对他们讲述着他的天使,他们并不惊讶,却眼望着他身后的天空,郑重地点着头。他又多透露了一点自己的意图,告诉了他们自己的幻象。因为在他看来,他们从事这项工作是当之无愧的。但是他们不理解。他只好作罢,摇着头恼怒地咕哝着。

“我好像在哪儿把这些都记下来了。”

接着,他又想起了尖塔落成时他要做的布道,还有他布道时站的、靠着石柱建起的布道坛。可是听到这儿,在场的人脸都拉长了。贾汗说,从现在起谁要在那些石柱下边干活就是傻瓜,该适可而止了。这时哑巴来到了乔斯林面前,又是哼哼,又点着头,还拍打着胸脯,化解了似乎要发生的争执。

有一天,工人们早早就停了工,不管乔斯林如何恳求,就是不肯再干。他们干脆把他撇到一边,径自走了。过了一会儿,他也只好下去。有了下面教堂里的人们,脑海里的尖塔也就立不直了。他看着弯曲的石柱,在教堂里漫无目的地走着,直到寂静和金色的脚印又驱使他回到了梯子旁边。他再次爬上了梯子,接着又爬上了绑在八角木架上的、不那么结实的梯子。因为他知道:这次除了等待,其它什么也干不了。他慢慢爬着,发现就这样他的心跳也加快了。最后他爬到了顶端,蹲在乌鸦中间。太阳在巨大的沉寂之中下落,他坐在那儿,脑海里包容了尖塔的一切。

然而,在太阳即将落下的时候,他发现他并不是单独一人和天使在一起。还有另外一个人在面对着他。这怪物在他对面的金属板内,金属板周围是天空。他想起了用驱鬼术,可是他一举手,那东西也举起了一只手。他只好手脚并用在地板上爬过,那东西也向他爬了过来。他跪了下来,眯着眼,看着金属板里那乱蓬蓬的头发,还有从围着他身子的、脏兮兮的教士服里伸出来的枯瘦的双臂和双脚。他眯着眼睛看,越看越近,呼出的水汽把自己的影像都弄模糊了,他只好用袖子擦掉水汽。接着,他又跪了下来,眯着眼长时间地看着。他仔细看着自己的双眼,双眼深陷在眼窝中,皮包在眼眶上,包在颧骨上,缩了进去。他仔细看着那个像鸟嘴的鼻子,鼻子现在几乎像鸟嘴一样尖了。他仔细看着脸上那深深的皱纹,看着牙齿的反光。

跪着的影子使他头脑清醒过来。好吧,乔斯林,他无声地对着那跪着的影子说着话;好吧,乔斯林,这就是我们所来到的地方。我想,它是在我们被踩倒的时候开始的。它是在地面或多或少在移动之时所发生的。我们能够想起自那以后所发生的事,但在那之前发生的却像一种梦。幻象则另当别论。

随后他站了起来,焦躁不安地走动着。夜在那圣杯的边缘呈现出绿色。接着边缘变黑了,暮色无声地笼罩过来。他还没有完全清醒,夜幕就降临了。星星出现了,星光朦胧。他接着又看见边缘上燃着一团火,心想是草堆烧起来了。可是当他沿着圆锥的边缘移动时,他看到更多的火在这世界的边缘燃烧。巨大的恐惧攫住了他,因为他心知这些都是仲夏夜之火,是撒旦的崇拜者在山上点燃的。在悬石谷,一片巨大的火光在颤动着、闪亮着。他突然喊了出来,不是因为恐惧,而是因为悲痛。他想起了他那群好工人,明白了他们为什么早早停了工,到哪儿去了。因此,他怒气冲冲地对着别人吼叫。

“他们全都是好人!我说的!”

不过这只是一种感觉。置身于他们之中,他的内心是非常明白的。

“这是又一篇《圣经》选读,是在这样的高空进行的。谁又能预见这是计划的一部分?谁又能知道在这么高的地方,在我所构思的石头拜神图上将要竖起一座十字架,与魔鬼之火进行面对面的抗争?”

接着他又想起了工人们,想起了脚上有金色图案的那个女人,他痛苦地哭泣着,却不知道自己为何而哭,惟一清楚的就是为这世界的罪孽而哭。后来他眼泪止住了,就坐在那儿,从边缘处悲哀地凝望着魔鬼之火跳动着的地方。

慢慢地,他又回到了自己的人生。假如大卫王因为手上沾着鲜血就不能去建神庙,那我们、我本人又该怎么说呢?接着,那可怕的洗礼景象又闪现在他眼前,他喊了起来;他刚刚驱开这景象,许许多多的往事又浮现了。他眼看着它们越来越多,却无法阻止。它们就像故事里挑出来的一个个句子,虽然留下了许多空白,还是足以让人明白。这是一个她和罗杰、雷切尔、潘格尔以及工人们的故事。他睁大眼睛往下看,看过梯子、一层层的木板、穹顶,看到十字中心那个就像为某个名人挖的坟墓一样的大坑。那被弃置一边的魔鬼之火在天际颤动着，他的身上却是冰凉的。他想起了以前看着那地面的情景，在尘土和毛石中，一根带着一粒棕色猥亵浆果的树枝靠在了他的脚上。

在高高的、黑暗的空中，他低低地说出了这个字眼。

“寄生！”

最后，他要再做祈祷；可是她来了，沿着那金色的迷宫曲径来了，低着头，衣服鼓鼓的。魔鬼之火在他们两人周围颤动。他充满恐惧，呻吟着。

“我中了魔法了。”

他脚步不稳地走下了梯子，却没有看见这些梯子；那个句子支离破碎的故事在他面前闪烁；在十字中心，新铺上去的石板带着地狱的火焰，炙烫着他的双脚。

第九章

从那以后，他不再与工人们逗笑，而是不断地给他们以鼓励。他发现虽然工人们既感觉不到，也看不见他的天使，他们还是从中得到了一些慰藉。就这样，八月份来了又过去了，尖塔也即将落成。那些天里，工人们需要天使的慰藉，因为大风已起。一场来自西南部的大风吹得尖塔像船桅似的摇摇晃晃；不过，石柱虽然弯曲了，却没有折断。就在刮那场大风的时候，亚当神父告诉他：那位艾莉森夫人不再给他写信了，要自己来看他。

大风从来就没有完全消失。它使天气变坏了。开头是下雨，然后放晴一天，接着又下雨；九月来临，好像就要有一周的好天气来收尾了，结果晴空却在万仞之遥，好像要展示即将到来的风暴的力量。因此，工人们一直骂声不断，拼命要稳住压顶石，风却撕扯着他们。乔斯林循着灰蒙蒙的一段段河流向入海口搜寻，希望能看到一眼神钉的影子；在他的脑海里，神钉从主教仍然居住其中的、光焰缭绕的罗马城移了过来，放着光芒，威力无比。他想，可能是气候有一点知情，所以也赶紧行动起来，开始像射弹弓似的从空中挤出一阵阵雨。工人们虽然淋湿了，却因为雨打的刺痛而感到暖和。就这样他们固定了压顶石，虽然大风将他们的外衣掀起，盖在了头上。连续两天，尽管尖塔在剧烈摇晃，工人们还是拆了脚手架，只留下一部分供最后放十字架使用，届时神钉将放在一个盒子里，置于十字架底部。开头那天，乔斯林看见神钉在十五英里之外——长长的、零落的一行队列，从一个村庄走到另一个村庄。但是，那一天还没有过去，乌云就向他们脚下飘了过来，他无法再看见队列和巡查了。他不停地鼓励着工人们，雨水顺着他的光腿往下流，风推搡着他。一切完成之后，他们快步走进温暖的尖塔里，走下颤动的梯子，走到塔顶四面围住了的木地板上。贾汗把他们推进去，给了每个人一把大锤。接着，是长时间的沉默。工人们拿着大锤站在楔子旁，贾汗注视着这整个装置。

最后，他转过身面对乔斯林。

"我们需要更多的人。"

"那就去叫吧。"

"上哪里叫？"

一阵沉默。哑巴轻声地哼唧着，贾汗看着绞盘。

"要是我们现在不干，就太迟了。"

他走到绞盘那儿，扳直了插销，将轴转了半圈，停下，竖起耳朵听着他们上方尖塔内木制的小丑帽一般的东西传来的声音，整整一百五十英尺高。钢缆仍然紧绷在八角木架周围，绑住楔子，承受着木头的所有重量。

"敲一敲楔子，轻轻敲！"

除了敲打声，没有其它声音。他又将轴转了半圈。

"再敲敲楔子。"

他走动着，拍着手。

"我就是不明白，我不明白。他应该在这儿的，这个肥杂种！"

轴发出咔嚓声，钢缆猛地弹开了。木圆锥发出了碎裂的嘎嘎声，随后变成了刺耳的尖声。接着，八角木架塌了下来，那些楔子向旁边射去，就像笨手笨脚弹射出洋李核似的。八角木架砸在底面时发出的轰隆声比雷声还响，听得千真万确；塔在脚下蹦着。乔斯林跪了下来，在人们移位的一片闹声中，他听到了他们嚎叫着往下走，拼命挤下梯子。圆锥爆裂了，碎木片、尘埃、碎石片在木地板上蹦着。头顶上,圆锥痛苦地扭曲了,撕开了,破裂了。他跪着,紧紧抱着身子,圆锥的闹声小了,变成了木头的吱嘎声,间或是几声尖叫。接着风声盖了过来。不过风还有其它乐器可供演奏,可作实验。尖塔的每一次颤动都会发声,不过不怎么和谐。

最后,他直起身跪着。再过一会儿,他想,我就会得到安宁。我必须拿到神钉。

接着他走到梯子旁,费劲地爬了下去。

可是他得不到安宁,即使在旋梯之下也是如此。似乎钢缆松了,随之而来的却是另一根绷紧了。这一根紧紧绕着他的胸部。我知道这是什么,他想。现在成了我和魔鬼的竞赛,我们跑得更快了,我们两个人,冲向终点线。但是我会赢的。

他站在十字中心的地面上,听了一会儿。当他听见那畜生爪子抓着楼座的天窗想要冲进来时,这另一根缆绳绷得更紧了。此刻,要进来的不只是一头,它们为数众多。它们遍布屋外,试着要撞开门和窗,似乎在集结,要发起最后的攻击。他意识到自己得快点,就匆匆忙忙地走进了回廊。全体教士已经等在那儿了,一片混乱,吵吵闹闹,拥挤着。

"神钉在哪儿?"

他们没有将那东西给他,却挤在他的周围,抓住他,说着、甚至喊着他听不懂的话。有人把他教士服的下摆往后拉,往下拉,教士服因此像过去那样垂了下来。他感觉到有手在抚平他的头发,明白了他们想要些什么,就朝他们喊了起来。

"你们不把神钉给我,我就什么也不再说了。"

随后,除了回廊另一头唱诗班的男童们发出的闹声以外,周围安静多了。他这才有空仔细打量着主事们,打量着唱诗神父,还有那些副手。他们就像那些工人一样糟,他想,只不过他们之中没有人像工人们那样有勇气。

魔鬼在杉树高高的树枝上低语。

接着无名神父将装有神钉的银盒子给了他，他跪下接过神钉，其他一些人也跟着跪下。这时他却将神钉紧贴在缠绕他胸脯的缆上，匆匆走进高坛，将神钉放在大圣坛上。银盒里神钉光焰四射，四周回响着歌声，不过他听不到歌词。他对着神钉说："啊，快点！"因为他明白：神钉钉进去之后，他就能得到安宁了。他因此又回到人们等待他的地方，透过缆绳打量着他们，看到了许多新面孔。应该说是老面孔，现在是以新的目光来审视的。过去的一年，他们在地面上忙了一年。他们以新的面貌，三三两两地走了进来。他们不像他那样头脑复杂（魔鬼在呜咽着），脑子里只装着许多渺小之事，这就是他们生活得轻松的原因。而且，他们本身就是渺小的，他看着他们的时候，这些人变得越来越小。

他听见安塞尔姆轻声地说话。

"他为什么看不清自己的真实面目？"

随后是一阵沉默，这些人却变得比唱诗班里最小的孩子还要小。接着，这些"小孩子"开始调整自己的位子。他们拖着脚，碎步走到边上，他们的脸却一直对着他，好像要看进他的脑海里似的。他们排成两行，向前延伸，中间留下一条通道，前方尽头就是修士礼堂的两扇巨门。他看着那两扇门，心想巡查会理解我之所以成为工人、石匠、木匠，完全是出于必要。

他们打开一扇门，他走了进去。他站在里面，抬头看着魔鬼用爪子抓着窗户。不过他明白：如果魔鬼要进来也没关系。因此他的目光又看了下来。委员会成员就在那儿，他们坐在一张长长的台子后面，台子上堆放着文件，一共七个人，身材高大。他走上前，跪在为证人所设的椅子旁，通报了自己的姓名。

“乔斯林。圣母马利亚教区总教堂教长。”

七个人都在看着他。两个秘书也停下了笔，看着他，羽毛笔搁在手上。巡查本人稍稍挺起身，往前靠着，手撑在台子上。他棕色皮肤，脸上有着深深的皱纹，粗眉毛，眼窝深陷，那白色教士服和黑色披风撑在他身上，空洞洞的。他打量了乔斯林一会儿，然后彬彬有礼地指了指椅子。乔斯林站起身行礼，委员会的七个人也站起身行礼，就像浪峰似的。他们落座之后，他也坐了下来，一声不吭，看他们点着头、低声交谈着。

巡查终于回过头来，面对着他。

“这不是正常的程序，大人。不过也许——”

“请随便问，我会回答的。”

“当然。”

巡查突然露出了微笑。他能理解，乔斯林在缆绳之内想道。他在我这一边，他很有能耐。

巡查又说话了。

“或许，这样开头，会使事情简单些。”

使事情简单些，乔斯林想，如果他想要的就是这，我可以帮助他。

“他们认为我疯了。”

然后又是沉默，他在脑海里搜寻着，然后放弃了。他对着巡查严肃地点了点头。

“也许我是疯了。”

头又凑在了一起。毕竟，他想，我没有使事情变得简单，我把事情给弄复杂了。他呻吟着，抬起一只手摸着头，感到头发里有什么东西。他拉出一片卷曲的刨花，将它卷在手指上拉着，直到绷断，然后把碎片扔了。秘书中的一个点了点头，在一片嘀咕声中站了起来，匆匆欠了欠身，走了。

巡查又说话了，声音很轻。

“我们列出了一系列问题，是从控告信和证词上摘下来的。”

“控告信？证词？”

“你肯定知道的是吗？有些还是两年以前的呢！”

他仔细回想着这两年来的事。

“我太忙了。”

巡查明显地笑了。

“我想，就现在的情形而言，有些问题不怎么相关。比如关于蜡烛的问题。”

“什么蜡烛？”

巡查在看着一份递过来的文件，他的话音有点古怪。

“这一位主事似乎认为神圣的教堂遭受了致命的打击，因为两年以来，虔诚的人们一直都没能在教堂的中殿里点蜡烛。”

“安塞尔姆！”

“他是你的教堂司事，不是吗？他的收入很大一部分似乎是卖蜡烛所得，当然他反对你主要是出于更为高尚的、精神层次的原因。是的，安塞尔姆神父是主事之一，是圣母马利亚教区总教堂的司事，他的私人印玺有效。”

“安塞尔姆！”

（走开了，变小了，沿着长长的隧道倒退着，消失了——）

“教长大人，如果你能明确答复一些一般的——指控——是否成立，就能够让我们更加明了。”

“我说过请你随便问。”

“是的，我会的，大人。”

巡查翻动着文件，乔斯林等待着，十指交叉放在胸前，同时看着桌子下那一排浅帮鞋。过了一会儿,巡查抬起头来。

“你是否也认为这、这里所指的‘永远值得赞美的,无价的建筑’被迫停工,是大可不必的?”

乔斯林强调地点了点头。

“这是真的。的确如此!千真万确!”

“请说明。”

“我们开始建造之前,尽可能地封住了东头,在圣母堂望弥撒。”

“这是通常的作法。”

“那时候,弥撒照常进行。可是后来,你知道的,人们感觉到了有危险。当石柱开始歌唱,接着又弯曲时,教士大会不开了,其他人也不来了,没有人敢来这儿做弥撒。”

“事实上,是教堂的弥撒终止了?”

乔斯林迅速地抬起了头,摊开双手。

“不,如果你能够了解——这所有的复杂事件,不是这样的。我在那儿,一直在那儿。这也是一种弥撒。我在场,他们也在场,为教堂带来荣耀。”

“他们?”

“是工人们。他们越来越少,是的。不过有些人一直坚持到底。”

巡查一声不吭;他觉得自己得到了理解,又急速地往下讲。

“我不知道在你那些文件上签了多少名,盖了多少章——除了一个名字之外。我也不知道他们具体控告了些什么,只知道个大概。我所知道的就是我要找虔诚的人一起干,却一个也没有找到。”

他看出巡查觉得这是一个出乎预料的好答案。突然,在这张友好的面孔前,他按捺不住激动,要解释这一切。

“你知道的，当时有三种人。有逃跑的，有留下的，还有融入其中的。潘格尔——”

“啊，是的，潘格尔。”

“她已经被编织进去了，编织进了每一个地方。她死了，然后她在我心中复活了。她现在就在我心中复活了。她现在就在我心中。她萦绕我的心头，她以前不是活的，不是那样活着的。我以前一定认识他的，你看，就在下边的地窖，在我心灵的地窖里。但这一切都少不了，的确，就像钱一样。”

“我们要来查一下钱的问题。这是你的印章吗？还有这？”

“我想是的，是的。”

“你很有钱吗？”

“没有。”

“那这些款怎么付？”

“就像主撑住石柱，送来神钉一样。”

它又来了，不像歌的歌，记忆的不存在，头等大事——他漠然地看到秘书偷偷地溜回了座位，看见无名神父站在后面，稍稍偏向证人椅的一边。他听见魔鬼用爪子抓着窗户，碰得窗户乓乓响。他想象着自己在奔跑着，要赶在它们之前到达尖塔。

“大人，我们在这儿说话，它可能就会倒下来。让我现在就去拿神钉，把它钉进去吧！”

巡查浓密的眉毛下，一双眼睛紧盯着他。

“你认为尖塔，只是因为缺一根神钉——”

乔斯林迅速地举起手，止住了巡查。他皱着眉头，竭力要想起那歌声，几乎就在记忆的边缘上晃悠；但是它又消失了，就像安塞尔姆消失了一样。他抬起头，看见巡查往后靠着，露出奇怪的微笑。

“教长大人，对于你的虔诚，我只有敬佩。”

"我的虔诚?"

"你说到过一位女性。她是谁?是圣母吗?"

"啊,不是的!真的不是!一点也不是。她是他的妻子,潘格尔的妻子。我发现寄生果以后,你瞧——"

"什么时候?"

问题又刁又尖锐,像石棱一样。他看见这七个人停下了一切活动,紧盯着他,神情严肃,好像他是在接受审判似的。

就是这样,他想。我以前为什么没想到这一点?我在受审。

"我不知道。我记不起了,是很久以前了。"

"你说人被'融入其中'是什么意思?"

他双手抱着头,闭着眼睛,左右摇晃着。

"我不知道。语言不足以表达。那些复杂的事——"

接着是长时间的沉默。最后他睁开了眼睛,看见巡查又缓和下来了,像个朋友似的和气地微笑着。

"我们得继续,教长大人,是吧。这些和你一起坚持到底的工人们,他们是好人吗?"

"啊,是的。"

"好人?"

"非常好,的确非常好!"

然而,在长桌子上的文件被推过来、推过去。巡查拿了其中一份,毫无表情地念了起来。

"'这些是杀人犯,凶手,无赖,骚乱者,强奸犯,臭名昭著的私通者,鸡奸者,不敬神的,或者更糟糕的。'"

"我——不。"

巡查边看文件,边看着他。

"好人?"

乔斯林的右拳击在左掌上。

“他们是勇敢的人!”

巡查突然恼怒起来,重重地呼出了一口气。他把手中的文件扔到一个文件堆里。

“大人,这一切的起因是什么?”

乔斯林乐意地回答了这个直截了当的问题。

“开头事情非常简单。从纯粹的世俗眼光看,这当然是羞耻和愚蠢之举——乔斯林的怪物——人们是这么称呼的。要知道我看见过一个幻象,一个明晰无误的幻象。就这么简单!它就是我所要做的,我被选中去做这项工作。但是后来情形变复杂了。开头是一棵绿芽,然后是缠绕着的卷须,接着又是树枝,最后是一片混乱——即使我献出了我自己,也不知道对我的要求究竟是什么。后来,他和她——”

“讲这个幻象。”

“我把这记在笔记本上了,放在我柜子的左下角。你可以看,要是它对你有用的话。不久我就要布道——我们将在十字中心建一个布道坛;然后每一个——”

“你想要说:幻象使得造尖塔成为你压倒一切的任务,是吗?”

“千真万确。”

“因此,出现这一幻象,或是启示——你把它称作什么?”

“我不是一个学者,饶恕我。”

“出现了这个幻象,然后就出现了其它一切?”

“是这样的,是这样的。”

“这件事你告诉谁了?”

“当然是我的告解神父。”

窗外,刚好看不见魔鬼。他不耐烦地看着巡查。

“大人，我们坐在这儿——”

巡查举手示意，秘书此刻正在桌子左边的尽头说着话。

“是安塞尔姆，大人。他是教堂司事。”

“一心想着蜡烛的那个人？他是你的告解神父？”

“他过去是，大人，也是她的告解神父。你要是明白知与不知的痛苦就好了！”

“那么你是换了告解神父了？多久了？”

“我——不，大人。”

“那么他还是你的告解神父，假如你还有告解神父的话。”

“我想是的，是的。”

“教长大人，你最后一次告解是什么时候？”

“我记不起了。”

“一个月前？一年前？两年前？”

“我记不起了，就这样！”

他们的盘问把他赶回到椅子上，盘问逼了过来，很不公正，无法回答。

“所有这段时间，你脱离了你精神上的伙伴们，而去与那些人为伍。如果我们的消息准确，那些人都是邪恶透顶，对不对？”

问题阴森森地向他逼了过来，越来越大，最后变成了一座山。他看出如果要答复这一问题，心灵必须一段梯子一段梯子地爬上多高的高度，因此他又一次做好准备向上爬。他站起身，右手下伸，将教士服的下摆从两腿之间拉了过来，拧成条，塞进腰带里。

那七个人也站着。比窗户里蹦跳着、格格作响的圣徒更为安静。

巡查慢慢地坐回到椅子上，他又露出了和蔼的微笑。

“你费这么大力气太累了，大人。我们明天再继续讨论吧。”

“我们在这儿浪费时间，他们却在那儿，在窗外——”

“根据本印的授权，我命令你回到你的住所去。”

话语温和亲切，然而，在他看过印章之后，他终于无话可说了。他转身要走，七个人欠了欠身；他却在自言自语：我们已经不用欠身了！他走过带有图案的、咔嗒作响的地面，无名神父左右相随，只及他的肩膀高。门在他身后关上了。他的精神同伴们排成行，等在回廊上。他们现在大了一点，不过没有大太多。他在一排排目光之中走过，把他们从脑海里驱赶了出去。

在西门边，他竖起一只耳朵，一只眼目光专注，要看魔鬼们是怎么影响天气的。它们是自由的，或者正在获得自由；它们所做的已经过火了。暴风雨突然从东南转向东部，因此教堂的西侧有了一个避风处。这里没有风吹动雨水。雨水从十几条水沟正面冲下来，从石头嘴里喷出，呈连续不断的雨帘状，落在台阶前的砾石上。可是，尽管周围都是水，天空却是晴朗明亮，还有条纹状的云，似乎是编织在一起。雨似乎不是从能见的云里降下，它似乎来自空气中——似乎空气就是一块海绵，这里挤几滴水，那里挤几滴水，怪异地滴落下来。

然而无名神父却跟在他身边。

“走吧，大人。”

披风披在了乔斯林身上。

“戴上兜帽，大人，对了。”

轻轻地、镇静地挤了挤他的胳膊肘。

“这儿走，大人，过这里，对了。”

他们一走出背风处，风就吹了过来，推着他们向教长宅邸跑去。当他们来到他楼上的卧室时，乔斯林抖落披风，让助祭接住，然后站着，看着地面。缆绳仍然紧缚着他的胸脯。

“这件事没完,我就不睡。”

他转身面对窗口,看着,这时候满满的一桶水泼在窗户上。他感觉到身后天使和魔鬼在争斗着。

“到他们那儿去,回到他们那儿去。告诉他们:趁现在还不是太迟,我们必须把神钉钉进去。这是一场竞赛。”

他闭上双眼,但马上意识到此刻要祈祷是不可能的,他因此又睁开了眼睛,却看见无名神父还在那儿犹豫。

他恼怒地命令他走开。

“你现在还归我管,快走!”

当他再次睁开眼睛时,小个子已经不见了。

他来回踱着步。神钉打进去之后,他想,尖塔和那牵我魂魄的女子就不会再困扰我了。也许有一天,我会知道她是多么的恶作剧——她究竟是多么的恶作剧;但现在重要的是尖塔,还有神钉。

过了一会儿,他走到窗口,靠窗站着;可是他什么也看不清,因为雨滴抖动着垂落下来,漫无目的,或者像突然被抢走一样消失了。他等待着消息,可是什么也没有。我当时就说过我是个傻瓜,他想;事实比我所想的更确切。我本应该自己去的——我在这里干什么?但是他仍然站着不动,十指交叉放在胸前,时不时噘起嘴;这时窗外天色渐黑,风呜呜地吹着。当窗子变成昏暗的长方形时,他才感觉到自己站得有多累;因此他走到了床边,和衣躺下,等待着。有一次,他听到教长宅邸的屋顶上什么地方发出轰隆哗啦的闹声,惊跳起来。从这以后,他不再直挺挺地躺着,而是一只胳膊肘撑着,在浓重的夜幕中倾听着。他成百次地看见尖塔倒下来——成百次地听见尖塔倒下来,直到脑海里飓风狂舞。他想要打个盹,却分不清是睡是醒,因为它们是同样的噩梦。他尽力要去想点其它的事,却发现尖塔在他的脑海里是那么的根深蒂固,没有其它什么好想的了。

有时候，风停下一会儿，这时他的心就会剧烈地跳动起来，不过风总会再来，雨点会像子弹一般打在窗户上；随后是风不停地咆哮。

他就这样躺着，像是打盹，又像是醒着。夜间有些时候窗户突然放亮，因此他的身躯在床上收缩。不过雷声从来就穿不透风。接下来，屋顶上传来更多的崩塌声和瓦片滑动的嗖嗖声。他突然想起：如果他站在窗户旁边看，就可以在闪电过来的时候看看尖塔怎么样了。因此他爬下床，站着等待。下一道闪电没让他看到什么，只看见窗户错了位；因此，他转了转身，最后看见了那个模模糊糊的方块。他走近前去，脸靠在窗边，听着打过来的雨水。接着又是一道闪电。它的速度太快了，刺得双眼发痛，尽管他双手挡在眼前，眼前还是一片绿光。他知道在光影中的那个庞然大物是塔，却说不出它确切的形状，说不出它是不是斜了，它的上方是不是有个尖塔。他摸索着回到床上，躺了下来。他脸朝下躺着，偏偏要去想过去那愉快的时光，和安塞尔姆神父在一起，在海边阳光地带的时光。安塞尔姆神父当时是见习修士、确切说是那位见习修士的导师。接着，他再次起身，站在窗前。下一道闪电在教堂过去的远处，他似乎看见它那黑色的影子奇形怪状地向他撞了过来。他又躺了下来，分不清自己是打盹还是完全昏了过去。

他从一口深深的井里走了上来。顶上有平板的声音，像盖子似的；但这不是吸引他爬上来的原因。还有其它的吵闹声，微弱的尖叫，几乎是像鸟叫。突然，他完全醒了过来，在最模糊的灰影之中，明白了自己身在何处。他听见了他们在楼梯上吵闹着。

他翻身下床，迅速走到门边。

“我在这儿！你们一定要勇敢，我的孩子们！”

那些声音却在尖叫着，抽泣着。

“——现在时刻——”

"神父!"

他对着楼梯朝下喊着。

"你们不会受伤害的!"

手在他的脚边晃动,拉着他的教士服。

"这座城市正在毁灭!"

"——整个茅草屋顶都掉在墓地里了,四分五裂了——"

他向下朝他们喊着。

"尖塔怎么样了?"

有两只手沿着他的身体朝上摸索,一脸胡子扎到了他的脸上。

"尖塔在倒塌,神父。天黑前就有石头从挡墙上掉下来——"

他挣脱开身,走到窗口,不知所措的手指擦着那一片昏暗,好像他可以将昏暗像涂料一样抹去。他又匆匆走到了楼梯旁。

"撒旦逃出来了。不过你们不会受害的,我起誓。"

"救救我们,神父!为我们祈祷吧!"

接着,在暗淡的光线中,面对着挥舞的手和呼啸的风,他意识到了自己该干什么。他挤过人群,把他们推开,挣开衣服下摆,挣脱开抓住他胳膊肘的一只手。他现在脱身了,迈开脚迎来一级一级的石台阶。他找到了大厅,找到了带闩的门。他摸索着抬起门闩,门砰的一声开了,把他倒着弹到了大厅的另一头。他又慢慢地绕过风口,到了门边,一头冲入风中。风又一次把他甩了回来,顶在墙上,他动弹不得,只能大口喘气。接着风松开了口,他跌落在沙砾上。他向前爬着,风再一次把他抓了起来,然后将他四肢着地摔了下去。他浑身湿透,就像掉进过河里似的。迷糊之中他觉得自己和其他人一样都靠着躯体行进,他向前穿过小巷来到墓地。一把东西打在他的脸上,一阵刺痛,像是荨麻打的。他跌倒在一个小圆丘的后面,圆丘顶端有一个木十字架。教士服的下摆拍打着他,因此他将下摆向上拉，塞进腰带。一根板条不知从哪儿飞了过来，狠狠地打在他的大腿上。

他微微抬起头，透过那聊以挡风的墓地，眯着眼看着那灰蒙蒙的光。就在这时候，撒旦像一头巨大的野猫，从东北方向的地平线上跳了出来，尖叫着向乔斯林和他的怪塔冲了过来。披风在咽喉处挣断了，像头乌鸦一样扑打着飞得不见了影子；还好他的双手紧抓着木十字架。他巧妙地躲着，直到野猫有点儿累了。然后，他从一个墓地走到另一个墓地，抓住十字架，躲在背风处，最后走到西门边最大的避风处。他走进门，背靠在门上，喘着气。他靠在那儿，突然觉得教堂里挤满了听讲道的人。但是他很快意识到是光焰在他的眼里晃动着，歌声却是所有地狱里出来的魔鬼发出的闹声。它们从昏暗的高处蜂拥而出，狂暴地撞着、晃荡着、猛击着窗子，它们把西边的大窗户撞得像船帆一样嘭嘭作响。不过，当魔鬼向他俯冲过来的时候，他却把它们看得像是鸟儿一般。因为他已经灵魂出窍了，似醒又似睡，一个中了邪的人。哇！哇！它们在嚎叫。呀！呀！它们又在嚎叫。它们用长着鳞片的翅膀拍打着他，然后又不停地撞击着那颤动着的歌唱的石柱、窗子和穹顶。他还听见有个人，也许是他自己，躯壳在半明半暗之中蜷曲着奔向中殿时模仿着它们的嚎叫。拱廊挺直它们的石头肩膀时，他也听见了它们的呻吟。当他看见面前被废弃的圣坛时，那些魔鬼正在从正中的拱顶跳转过来，狂怒万分。他在圣坛上摸索着，然后一把抓过银盒子，好像里边装的只不过是一般的钉子似的。南耳堂传来哗啦一声，是石板掉下来摔碎了；北耳堂传来轰隆一声响，还有玻璃冰凉的嗖嗖声。在旋梯的入口处，魔鬼和他搏斗，他用神钉把它们打退了。当他往上走的时候，他的心跳到了嗓子眼，猛撞着。他来到底层时，几乎看不见这地方，因为亮闪闪的光在他的周围晃动。他的耳朵也听不进闹声，因为尖塔上过去那种耳语般的规劝现在成了喊声和尖叫声，夹杂着逃出来的撒旦发出的咆哮声，一种无处不在的黑色背景。木板和石块不再是难以察觉地晃动。它们猛地向一边倾斜，把他甩到旁边，有时他得紧紧抓着梯子，就像一个在海上抓着桅杆往上爬的人一样。在咆哮声中，有一个方向不断传来东西破裂和倒塌的声音。在塔顶帷幔般的木架内，地面上堆积着一层厚厚的碎石和碎木片。他扒拉着，要找出通向尖塔的梯子中最下边一架梯子的底脚。他的左边有一个魔鬼，当他看过去的时候，魔鬼在慢慢地张开又闭上带着灰色日光的嘴。梯子上方又有许多梯子，成之字形伸进黑暗之中——下边一架梯子刚刚空出来，上边一架就弯了，发出闹声，像是拉紧的弓弦。黑暗中到处都是碎石片和碎木片，在他往上爬的时候刮着他，戳着他。他的天使像一团火似的推动着他向上，他将盒子绞进下摆靠大腿那儿——向上，向上，来到那空间狭小，外壳像烟囱一样包着他的地方。他感觉到了木石外壳移动的样子有些不同。接着，他蜷缩在最上方的空间，摸索着打开盒子，让保护神钉的垫布飘落，像个工人一样扶住神钉，腿肘并用稳住身体，然后用软的银盒子钉着神钉，把它钉进木板里。他摸索着，寻找感觉，敲打着——

尖塔上的闹声、还有尖塔本身，都从他的脑海里消失了。他松开手，让盒子掉了下去，却听不到盒子掉下去时那富有弹性的声音。他开始往下走，一级一级向下。他感觉到抓着梯子的手开始抖得无法控制，因此他身子紧贴着梯子固定。当他来到旋梯的时候，已经是在爬行了。

虽然尖塔已经脱离了魔爪，但是魔鬼仍然把持着中殿。他自己也没有脱离魔爪。天使离开了他，而他的魔鬼的那种甜蜜就像一只热辣辣的手置于他身上。他感到睡眠的波浪涌了上来，却无力阻挡。他爬出旋梯，爬进灰蒙蒙的走道，脸朝下躺在碎石堆上。此刻，万物似乎都在轻轻地开着花。魔鬼不再尖叫,它们在歌唱。它们柔声地、毫不愧疚地唱着。它们披上伪装,像人一样出现在他的脑海里。

他对碎石说着话。

“我把神钉钉进去了。可能是没有它你才掉下来的。”

魔鬼轻手轻脚地捆住了他,让他看着来到近前的一个幻象,眨眼之间,他就看过阳光普照的围地,看到那榆树庇荫下的一大片雏菊,魔鬼在那儿跳着舞。一共三个,甜蜜纤小。他沿着长长的一道影子走近前去。它们跳着、拍着手、唱着。

“少根钉子马掌丢了,
少只马掌马儿乱了,
少了马儿骑手乱了,
少了骑手王国没了——”

他变年轻了,笑着,听见自己替它们续完了这首歌。

“全是因为马钉少了!到这儿来,孩子。”

接着他的魔鬼从草地上走了过来,其它的魔鬼走开了。他站着往下看,爱着她的无邪和美丽。他听见自己那友善的问题在探寻着,看着她惴惴不安,双手背在身后,红头发散乱着,一只瘦瘦的脚在另一只脚上蹭着;听到她大惑不解地回答。

“可我们玩的只不过是一场游戏,神父!”

在这世外之国,天空湛蓝,明亮,一派和谐,没有罪恶。她朝他走来,红色的头发露了出来。她微笑着,空口哼着歌。他清楚这声音说明了一切,消除了一切创伤,敞开了一切,因为这就是世外国度的特征。他看不见魔鬼的脸,因为这也是世外国度的特征;但是他心知她在那儿,完完全全是在向他走来,正如他向她走去一样。接着,一阵难以形容的甜蜜之波向他袭了过来,一波接着一波,然后是赎罪。

随后什么都没有了。

第十章

他缓慢地醒了过来。他的脸颊枕在破碎的石头上,白昼光不可避免地出现了。很长一段时间,即使他的眼睛已经睁开,眼睛也只是他全身惟一在动的东西。他的目光沿着长长的走廊看去,看到了一座眼熟的丰碑。他专心致志,一英寸一英寸地仔细看着,似乎这是填补时间空缺的一种方式,以免其它不祥的东西填补进来。可是,看这丰碑却无济于事,其它的一切也无济于事。最后,一种新的感觉紧紧攫住了他,使他无法摆脱。

这时候他开口说话了。

"当然。我早就应该知道的。我早就应该理解的。"

教堂里传出吵闹声,远处传来一扇门倒下的声音,说话的声音。他站起身,一瘸一拐地缓缓走向十字中心。当他走了出来,来到十字中心的时候,听见有人在喊叫。两个男仆跑了过来,亚当神父跑在后边。他等着助祭跑来,低着头、垂着手。

"我该干什么?"

"跟我走。那个女人在等你。"

"哪个女人?"

不过他一问出这句话,就想起她已经死了。来的女人是艾莉森夫人,来这儿寻找舒适的墓地。

"我去见她。她也许了解一些情况。毕竟,这是她的全部生活。"

他们一齐走过中殿,两个仆人跟在后边。中殿的角落里有一个影子,他的心跳加快了;不过那人是哑巴,连哼也不哼。他知道这年轻人也蒙羞了，于是把目光移开，朝着他们带他走出来的门看。

在教长宅邸的前院，他停了下来。

“我还可以进去吗?”

“是这样决定的，暂时可以。”

他点了点头，踩着熟悉的石板走了进去。可是大殿就像许许多多其它的东西，已经变了样。殿里燃烧着一堆柴火，到处都点着蜡烛，像要照亮一座圣坛似的。火堆前铺着一块地毯，放着两把椅子。烛光耀眼，椅子几乎看不清。他想起蜡烛与有时候在他的眼前浮过的那闪光的碎片是何等的相似。不过，他来不及彻底审视这些变化，因为那位女士已经坐在火堆另一边的椅子上了，她身后站着侍女。当他来到毯子旁边的时候，她起身下跪，抬起他的手吻了一下，低声说话。

“神父，乔斯林!”

她没等回话，就站了起来，半对着其他人。

“应该有热水，毛巾，一把头梳——”

他举起手，止住了她。

“没有关系。”

一阵沉默与停顿。然后，他朝着其他的妇女看着。

“让他们走开，只留下我们两个。”

那些女子的影子退开了。他们离开之后，她双手抓住他的手，轻轻地握了握，让他坐在椅子上。他身体的左侧感觉到了火的柔和与温暖。他发现她个头太小了，比一个孩子也大不了多少，她的脸部也没有高出他双眼水平线多少。她看着他的身后。

“你让你的助祭也走开，行吗外甥?”

“他得留下。我现在由他照管。即使不是这样，我也不应该单独和您在一起。”

听到这话，她直率地笑了起来。

“谢谢你的赞扬。”

然而他并不理解她，也不想去理解。她却一本正经地点了点头，好像明白了这一点。

“我已经忘记了你多么乡下气了。”

“我？”

乡下的、外省的、远离中心的，想象力和视野都受局限。

“也许是如此。”

一码开外是她那张脸，需要仔细看。她那张脸只不过略逊于她黑帽子边上镶的洁白、光滑的珍珠。帽子下边的头发应该是黑色的。或许以前是黑的。他打量着那弯弯的、浓密的眉毛，直视着她的黑眼珠。她笑了起来，他却恼怒地打断了她。

“安静，女士！”

她就这样站着，微笑着，一副驯服的样子。

黑色衣服，宽宽的。颈下挂着珍珠。手——她似乎懂得他的心思，向他抬起了手——白净丰满。后面，是她的脸——她似乎又明白了他的心思，把手拿开了——脸上微笑着，脸和手一样丰满，不过有一点点肥胖。一张小嘴，高鼻梁。眼睑乌黑闪亮，也许是涂抹过的，睫毛又长又粗；泪水停在下边的睫毛上。

“她是我母亲的妹妹。”

笑容变成了怪相，泪水掉了下来。不过，她的声音听起来还是那么轻松、顽皮。

“这个调皮的。”

突然，她迅速地动了起来，手上拿着一小片白白的东西。

“至少用用这个。”

她靠了过来，他突然闻到了一股春天的气息，就闭上眼睛，几乎陶醉了。在如潮的追忆中，他感觉到那白色的东西点在脸上，抹在双颊上。感觉到有一只手摸着他的头发。他听见她又咕哝起来。

“毕竟，甚至——”

周围弥漫着香味，他睁开了眼睛。她还在忙着给他抹脸。相距不过几英寸，他仔细地观察着她的脸；这时他才发现她这张脸保养得有多好。光滑的皮肤上皱纹太细了，稍远一点就看不见。这也许是脂肪分布不均的妥协结果。从她的眼角和她那柔和的额头上更深的细纹就可以看出来，她竭力要阻止这些成为皱纹。这是一张必须不断变换表情来保护自己的脸，以免它静止下来，变得松弛。只有眼睛、小嘴巴和鼻子能坚持，是坚固持久的，不必保护。他多少有点为那张脸惋惜，却不知道如何表达，只好咕哝着。

“谢谢，谢谢。”

她终于放开了他那张脸，走过地毯，带走了春天的气息。她转过身坐了下来，面对着他。

“怎么样，外甥？”

这时他想起了她不是来回答某个问题的，而是要从他这儿得到什么。他摩着头的一侧。

“关于你寄给我的那些信，还有你的墓地这件事——”

她举起手，喊了起来。

“真的不是！别再去想它们！”

但他还是往下说了。

“也许现在由不得我作决定了，尽管我还不能肯定。亚当神父——”

他提高了嗓门。

“亚当神父？”

“神父？我听不见，要我走近一些吗？”

我要问他什么？问她？

“没事。”

火光在他的眼里跳动。

“啊，不，乔斯林！我到这儿来是因为你——因为你现在的状况，你必须相信这一点！”

“你为我担心？为我，一个乡巴佬？”

“你的事全国都知道了。我也许可以说，全世界都知道了。”

“请饶恕我，从某种程度上来说，你的身体会玷污它。”

接着，他感觉到了她的脾气有多暴躁。

“你自己就没有玷污它？还有那些人？教堂是不是空了？那石头锤是不是悬在上面，等着要砸下来？”

他朝火堆里面看，耐心地回答她。

“这是一件女人很难理解的事。你瞧，我是被选中的，从那以后，我就全身心地投入，要弄明白这项工作是什么，然后去做，我奉献了我自己。一个人应该更、更细心得多。”

“被选中的？”

“他们会让你在那儿建墓地的，我毫不怀疑。我会不会这样——我不敢肯定。”

“被选中的？”

“是上帝选的。毕竟是他选的。然后我选了罗杰·梅森。没有其他人干——没有其他人能干得了。接着，就发生了以后的一切。”

他听见她笑，吃惊地抬起了头。

“听着，外甥，我选择了你。不，听着，我要告诉你一件事。不是在温莎，而是在一座狩猎行宫。我们当时正躺在一张两用小床上——”

“这和我有什么关系？”

"我把他侍候好了,他想要送我一件礼物,尽管世间我自己想要的,我都已经有了。"

"我听不见。"

"不过我想到了一件事,当时我心情好,所以也很慷慨。因此,我回答道,'我有一个姐姐,她有一个儿子。'"

她又微笑起来,但却带着悲哀。

"听着,我承认这不仅仅是慷慨。她是如此、如此的虔诚,如此的乏味,她一直是——算了,这一半是慷慨,就算是那样吧。因为在某种程度上,她很像你,固执、无礼——"

"女士——他说了些什么?"

"噢,坐回去,乔斯林!你弄得我很紧张。你站在那儿就像一只在雨中弓着身子的大鸟。我想知道我是不是赢了一点?"

"他到底说了些什么?"

"他说,'我们就给他一个肥缺吧,'就这样,漫不经心地。然后我又说,'我想他还是个见习修士,在哪家隐修院。'我咯咯地笑了起来,他呵呵大笑,我们紧抱着,滚来滚去——因为你得承认,这蛮有趣的。我们毕竟都很年轻,这对我们的口味。乔斯林——?"

他发现她正跪在他的近旁。

"乔斯林?这有什么关系?这是生活的质量。"

他声音嘶哑地回答。

"我做过的那些事。"

过了一会儿,他接着往下讲。

"我一直想要献身于这项工作;也许这种方式难以言明。不过,毕竟还有神钉——"

"什么神钉,外甥?你太错乱了!"

"我们的主教沃尔特在罗马——"

“我知道罗马，我也认识沃尔特主教。”

“那么好吧，你知道了。我有什么关系？只有那件事才重要，因为，因为——”

“因为什么？”

“有一种境界你理解不了。他把神钉钉到了天上。我向他要钱，我当时真是鲁莽的傻瓜。他做得更好。”

好了，他想，完事了。可事实上没完，他听见她又说开了，呼吸急促。

“你向他要钱，他却给你一枚钉子！”

“我是这么说的。”

“这个沃尔特！”

她笑了起来，一阵又一阵，笑声越来越高，直到她笑得喘不过气来。寂静中他听到了石柱在耳内歌唱。这并不是因为他了解什么，也不是因为他在脑子里逻辑性地一步一步解开了什么谜，而是因为某种恶心感正在侵入，因为他全身发抖，直透指尖。接着，他淹没在恶心之中。

他感觉到她在拉他的手。

“乔斯林！乔斯林！没有什么比那个更重要的！”

他睁开了眼睛。

“你必须相信这一点，乔斯林！”

“相信？”

“啊，是的，是的。相信你的——职业——还有神钉——”

她抓住他的肩膀，摇晃着。

“听我说，听着！我本不该告诉你的，如果——”

“没关系。”

“你有一个问题要问我的。想一想，集中注意力，是什么问题?"

他直视着她的眼睛,看到她是多么的恐惧。

"那是什么——"

可这活像是儿童们的猜谜游戏,他只好尖着嗓子笑了笑。

"我记起来了。当一个人的心思只在一件事情上,而且这件事不是法规所规定的,也不是教规所规定的,而是非法的时候,该是怎么一回事了。去冥想,在一半是愉快,一半是某种微妙的折磨之中去追忆——"

"什么事情?"

"当他们死去的时候;他们死了,就是死了;去再创造那从未发生在她身上的情景——"

"她?"

"在世外国度天空的映衬下,仔仔细细去审视着她——的确,其它什么也看不见——领悟到这是所有发生过的事件中必然的一部分——"

她靠得非常近,低声问。

"你体验过?"

"这是某种鬼魂附身,都是长眠的一部分。"

他热切地看着她,直逼她的双眼。

"你当然会知道。只要对我说,这就是我所需要的一切。这是魔法,对不对?这一定是魔法!"

然而她在逃离,往后靠,站起身,走过地毯,抛下一句可怕的低语。

"是的,魔法,魔法。"

然后她走了,留下他对着火堆严肃地点了点头。

"这里边有一个模式。毁灭的将会更多,一定会更多。"

他想起了阴暗处的亚当神父。

“你认为呢?”

“她的双脚已经下了地狱。”

他将她从脑海里驱开,她从他的生活中消失了,就像一滴落入河中的雨水一般。

“到处一片混乱。”

过了一会儿,亚当神父又说话了。

“你得睡觉了。”

“我决不会再去睡觉。”

“好了,神父。”

“我要坐在这儿等待。有一个模式,还不完整。”

他因此坐着,看着火堆里一簇簇游移过的火星。他有时说话,却不是对着亚当神父说话。

“但是它仍然挺立着。”

然后他又呻吟着,晃动着身躯。有一次,过了好长时间,他突然跳了起来,喊着——

“亵渎!”

过了几小时,火堆成了余烬,他又说起话来。

“坐在行将熄灭的火堆旁边,衡量他们人生价值的人们有着相通之处。”

日光从窗户爬了进来,在烛光渐渐熄灭的地方变得暗淡了。在大厅里,最后一粒火星消失了,信使来到了。他是虔诚的信徒,哼着歌,手指了过来。乔斯林小心地站了起来。

“能允许我和他走吗,神父?”

看守人微微做了个否定的手势。

“我们一起走。”

于是乔斯林低下头，就这么一直低着。他们在不安的空气最后的震颤之中走到了西门。中殿依然如故，乔斯林因此侧身对哑巴说着话，他不想正面看着哑巴。

“带我们去看看，我的孩子。”

哑巴带着他们踮着脚尖走到东南的石柱旁边，将他在石柱上凿了一个小洞的地方指给他们看，然后又踮着脚尖走开了。乔斯林明白了他应该干什么。他将卷了口的凿子从洞里拔了出来，拿起一根铁探针插了进去。探针一直往里，往里，穿过石块外壳，嘎嘎响着穿过碎石一直往里。那时候，生活在地球上的巨人们就是用这些碎石填塞石柱中心的。

他百感交集。他的灵魂纵身跃入一道内心的鸿沟，跳下，弹开，奉献，完全毁灭，将我和其它所有的一样砌进去；同时，他将自己的肉体也投了下去，膝盖、脸、胸脯，都撞在了石头上。

接着，他的天使将连在分趾蹄上的一对翅膀放到一边，用一根白热的连枷从屁股到脑袋击打着他。这使得他的脊梁骨像患病一般火辣辣的。他忍受不了，尖叫起来。但是他又清楚他不得不忍受。有一次，有人笨手笨脚地要拉他起来，但是他却无法告诉他们连枷的事，因为他的整个身躯扑倒在十字中心的样子，就像一条断了骨头的蛇。身躯发出尖叫，手在与他搏斗，蜷着的身躯之下是乔斯林，他知道一个虔诚的祈祷终于有了结果。

疼痛消退之后，他发现人们正小心翼翼地将他从祭祀地抬回来。他躺着，感觉不到背部的存在，等待着。掌着连枷刑具的天使只能做到这一步，是肉体可以承受的程度，无论在这一点上脑子是怎么想的。从那以后，背部就什么都没有了，什么感觉都没有了。

他们将他放在楼上房间的床上，脸朝着穹顶的石肋拱。有时候天使会离开他，这时他就可以思考。

我已经为它奉献了我的背部。

他。

她。

汝。

有时候他会恼怒地低声问话。

“它倒下来了吗?”

长得像衣钩的那人就会平静地回答。

“还没有。”

头脑比较清醒的一天,他想到了一件事。

“它损坏严重吗?”

“我扶你坐起来,神父,你可以从窗子那边看过去。”

这使得他头在枕头上转过来转过去。

“我决不会再看它一眼。”

接着,室内光线变弱,他知道亚当神父已经走到了窗口。

“你要是随便看一眼,就会觉得它没有毁坏。不过尖塔现在有点倾斜,回廊有危险。在塔的顶端,尖塔楔进了护墙。还有很多碎石片。”

好一会儿,他一动不动地躺着,咕哝着。

“下一次的大风,下一次的大风。”

长得像衣钩的那个人走近了,在他面前俯下身子,轻声说话。靠得这么近,就能看见他有一张几分像脸的东西。

“你太大惊小怪了,神父,这当然是极为有害的。但是,不管如何迷误,你是为信仰而建的。就罪孽而言,这很轻微。生活本身就是一座摇摇欲坠的建筑。”

这时乔斯林又一次将头转过来转过去。

“你能知道什么,无名神父?你只看到了事物的外部,你知道的还不到十分之一。”

好像他是站在亚当神父的身旁，在斥责罪孽，这时天使又打了过来。当乔斯林苏醒过来的时候，亚当神父仍然在那儿，说着话，好像没有第三个人打断过他们。

“记住你的信念，我的孩子。”

我的信仰，乔斯林想着，什么信仰？不过他没有对他上面那张脸说，也许某一天那张脸会清晰起来。相反，他喘息着、笑着。

“你要看我的信念吗？它就在那儿，在旧柜子里，左边角落的一个小笔记本。”

他停下来喘了口气，又笑了。

“去拿来，念出来。”

一阵移动、翻动，盖子吱嘎响着。接着，亚当神父在窗口的光亮中说话了。

“大声念吗？”

“大声念。”

墨水肯定是棕色的，他想。安塞尔姆那时候还是个年轻人，罗杰·梅森只不过是个孩子。至于她——我还年轻，或许更小。

亚当神父的沙沙声在夜空里响着。

“‘一天晚上，那时我已经在这个位置上三年了——我跪在我的祈祷室里，尽力祈祷要主清除我在这个位置上所滋生的自负之罪。我当时很年轻，为我这座大教堂而沾沾自喜，我自负极了——。’”

“我的确是那样。”

“‘是一种无尽的博爱与我同在。我当时几乎没有运用我的能力去进取。我力图将教堂看作一个物，看作是挡在我前面的一件物体；这样做很容易，因为窗外就是教堂的高墙——’”

然而乔斯林却再一次将头转过来转过去。他想——这又说明了什么?不存在!不存在!

是不存在吗?

"'我看着屋顶的轮廓,看着墙,看着突出的耳堂,看着沿护墙排列的小尖塔——'"

"这也是不存在吗,神父?"

"'我现在明白了我的目光为什么这么看。可是当时我什么也不知道,只是跪在那儿看着,直到我对所看着的东西无动于衷为止。接着,我的心跳了起来;就说是一种情感从我的内心升起吧。这种情感变强烈了,往上升到最顶端,迸发出充满生命力的火焰——'"

"这是真的——我发誓!"

"'——火焰消失了,我却呆住了。在那儿,在天空的映衬之下,我看到了最近的尖塔;这完完全全就是我的石祷文的意象。先是思绪纷繁,是作为点缀其它想法的次要想法,然后是激荡的心潮,升起,变小,直刺长空——在顶端,仍然是石碑上铭刻着的,我曾经感受到的一团火焰。'"

"这是它当时的样子。要是你转过头,你仍然可以看见尖塔。"

"'如果出于无知我认为它奇怪,那么我的孩子们,我又应该如何描述接下来所发生的一切呢?因为当我在看的时候,我的理解也拓宽了。尖塔似乎是打开一本巨大的智慧之书的钥匙。似乎我换了新的耳朵,听得更清,我也换了新的眼睛,看得更明。整座教堂——我,年轻无知,还朝它做怪相!——整座教堂向我们展示了自身。整座教堂都在说话。"我们是劳作,"墙壁说。葱形的窗户拍着手唱着"我们是祷文"。还有象征三位一体的三角形屋顶——那我该怎么说呢?我努力要放弃我的教堂;但是它却回来了,是原来的一千倍。'"

“即便如此。”

“‘我冲向对面的西门，跃了进去。我说得精确些吧。我曾经把整座教堂看作是一个活生生的，做着祈祷的人的形象。但在教堂里面却有着一本内容丰富的书，指导着那个人。我记得那是一个冬天的晚上，当时中殿已经很暗了。上边的亚伯拉罕、以撒的像在窗子上闪亮，他们的下边是圣徒们。在旁边侧廊的每一个圣坛，是你们所敬献的一丛丛蜡烛。我想起了香，还有从教堂里走出来的主持弥撒的神父们的低语——你们见过的！我走上前去。不，是精神上的喜悦载着我向前。我每走一步，这种喜悦就增加一分，充满自信和自制。我走到这儿，走到十字中心的时候，我只能一往无前。’”

“那些同样的十字中心。我从那时候起就一直这么干。”

“‘因为从某种程度上来说，我已经和智慧的、圣徒般的人们融为一体了——应该说是圣徒般的、智慧的工人们——’”

“石柱在弯曲。”

“‘他们让我分享了他们的秘密语言，这种语言是如此易懂，对于能够理解它的人是如此的明了。主关于天堂与地狱之书敞开在我面前，我看出了自己在这一宏大的计划之中的微不足道。我内心一种新的躁动，似乎在我心中建起了教堂，墙，尖塔，斜屋顶，一切都是如此自然，如此顺理成章。因此，我重新获得了谦卑，一种全新的理解。一股喷泉从我心中喷发，向上、冲出、穿行，带着火焰，带着光，向上穿过世外空间，无比紧迫，不可剥夺，那永恒的、不可阻挡的、辉煌的精神之泉……（谁也无法剥夺——谁会去剥夺？）吾周身烈焰熊熊，尔之故也——’”

“啊，主啊！”

“‘在顶上，如果可以说是顶上的话，某种模式、某种赐予，并不会令人自负。我的身躯卧在柔软的石块上，一瞬间、一眨眼就变了，从庸碌的日常生活之中复活了。幻象最后消失了，我却像品吗哪①一般回味着。幻象变成了尖塔，成了形，它是《圣经》的中心，荆棘冠冕的中心，是终极的祈祷文！'”

“它不过是一个丑陋的，摇摇欲坠的东西，一点也不像，一点也不像！”

“'最后我站了起来。蜡烛还在燃烧，丝毫未减，主持弥撒的神父喃喃着；因为就人世而言，这不过转眼一瞬。我走过中殿，眼前是圣殿的映象。你们懂吗？我的孩子们？精神之于物质，是三倍的真实！直到我去宅邸的途中，我才悟出了幻象的实质。当我转身再看一次并做祈祷的时候，看见少了什么东西。教堂还在那儿。但是那从中心升起的终极祷文，从物质层面来说根本就不存在。从那时候起，我就明白了为什么主指引着我，他不称职的仆人，来到了这儿——'”

那沙沙声停止了。他听到亚当神父在翻着空白的纸页。接下来又是静默。他闭上眼睛，一只手疲倦地搭在额头上。

“我曾经那样说过。当我匍身下跪并立志献身于这项工作时，我想到献身就像献出一切。这是我的愚蠢。”

亚当神父说话了，话音里带着一种陌生的语调，是吃惊和不安。

“就这些吗？”

“我想我是被选中的；是一个崇尚精神的人，爱人类胜过一切；受命承担了我的工作。”

“随后，就发生了其它的事，债务、荒废的教堂，还有不和是吗？”

“不仅如此，还有更多，比你所知道的更多，因为我并不真正地

① 《圣经》中古代以色列人经过旷野时获得的神赐食物。

了解我自己。是保留，是默许？工作至上，编织其中的是一根金线——不，是生长着的一种植物，有奇怪的花和果，复杂，互相交织，吞没，摧毁，扼杀一切。”

植物马上在他的眼前闪现，绿叶繁花，果实熟过了头，裂开了。无法在这种交织复杂之中追根溯源，无法让那里边呼喊着的一张张痛苦的脸得到解脱。他只能自己喊叫起来，接着又沉默了。他躺着，小心着背部，避免从额头上开始发作的疼痛，眼睛只看着拱顶上的石肋拱。他有一个想法很怪。

我在这里；这里却不知是何方。

亚当神父又说话了，这次他说的话不再沙沙响了。他说的话像小石子，掷地有声。

“那么这就是一切。”

当亚当神父离开窗口时，更多的光线照了进来。这时他靠得很近，但是他的下一个问题却没有什么意义。

“你听见什么的时候，能看见吗？”

他卧在自己的乌有乡，将头转过来转过去，似乎这样就能把头痛甩掉。脚步声走过窗口，还有那串串欢快的口哨声。他满心悲凉，看着那口哨声在一个角落里消失了。

“那有什么关系？”

“他们什么都没教你？这么多年以前？”

我学了什么？在海边，鹰朝我俯冲过来。够了，从那以后——

“你听到了她说的。你知道是怎么回事。”

亚当神父愤怒地咕哝着。

“要是在他们的脖子上挂一块磨石，就会好得多了——”

啊，不。他想，那太简单了。就像其它的所有解释，触及不到根子上。

但是亚当神父却吃惊地公然声称。

“他们从没教过你祈祷！”

精灵之风将头发吹向后面。嘴巴张开，不是为了吐出雨水，而是发出“和散那”的赞美。他对着助祭苦笑着。

“现在为时已晚了。”

但是亚当神父没有笑。他侧身站着，双手紧握放在胸前。他看着侧旁，看着下边，一绺绺头发后边那张脸很大。这一次，他的声音里带着恐惧，似乎是看见了那植物，感觉到植物的卷须在他脸上迅速地碰了一下。

“你的告解神父——”

“安塞尔姆？”

总是安塞尔姆，他想。在其中，又不在其中，还有印玺。他对着拱顶的肋拱说着话。

“我跟你说件事好吧，亚当神父？我很会猜疑，但是我曾经爱过他们所有的人；这也许就是她总萦绕在我心头的缘故吧。你比他们好了不知道多少——的确，也许没有谁这么不可救药，该罚入地狱——不过，你并不是和我一起，离得很近，缠在树枝中间。魔法，一定是魔法；要不然他和她怎么能够这样断然地挡在我和天堂之间？”

他听到近旁的呼吸声，目光从肋拱和往事中收了回来，只见亚当神父跪在床边。他双手捂着脸，浑身颤抖着。话突然低低地从双手间冒出，也在颤抖着。

“主啊，怜悯我们大家吧！”

他迅速放下手，划着十字。接着他手交叉，紧握着放在床上，低下头，又轻声低语起来。声音慢了下来，停住了。

亚当神父抬起头，他微笑了。乔斯林马上明白了，那些把他看成没有脸的人是大错特错了。只是写在那儿的东西字体纤小，很容易被忽略。除非有意要看，或者是迫不得已，就像一个病者必须躺着看东西似的。

他不知不觉，突然朝那张脸叫喊起来。

"救救我！"

似乎这些话就是一个启动键。他感觉到它们在摇晃着他，就像亚当神父被摇得颤抖似的。这摇晃弄得他的头和背部生疼，但它却与无边的悲哀之海相连，这海伸出一臂弯的水，充盈着他，大量的海水在他眼前漫了出来。他让它们漂着，不去理会它们，因为大海完全吸引了他。接着又是另一只臂，这只臂横在他的胸部，手抓着他的肩膀，另一只手轻轻地擦着他的脸。

过了一会儿，摇晃停止了，水也不流了。一个声音，像那张脸一样纤小，在他身边低低地说开了。

"我们现在从头开始。你曾经懂得祈祷的所有不同层次，不过现在你忘了。这样好。它们大多数都不适合普通的、有罪的人。这是你身上的一种美德。在最低层面是口头祈祷。我们就从这儿开始，因为我们两人都是孩子，孩子就是从这儿开始的——"

"我的祷文呢，神父？我的——幻象？"

一阵停顿。我的黑色天使会回来的，他想。我知道这一点，我内心感觉到了迹象！趁有时间，快点！

"我的祷文呢？我的尖塔祷文呢？是你念的吗？"

有一种不同的湿润的感觉，这次是从皮肤上渗出的。他感觉到一只手在将他额头上的头发拨到旁边；但是天使到来的恐惧攫住了他。

"快！"

"在口头祈祷之上是另外一个层次，很低，因此很接近。这就是我们得到鼓励，有感觉、有情感的层次。对极了；你或许会因为一个孩子乖，就给一汤匙的蜜；或者是仅仅因为你喜欢这孩子。你的祷文当然是好的祷文，但不是非常好。”

他在简陋的小床上滚动着，想要逃跑。只是某件深藏的东西，一定是在植物根部的附近，使他对着石肋拱和那张焦虑的小脸喊了起来。

“我的尖塔穿过每一个层次，从底到顶！”

随后，黑色的天使揍了他。

第十一章

有时候疼痛会消失，他就能够思考。他开口说话，总是先问亚当神父一个问题。

“它倒下来了没有？”

回答总是一样的。

“还没有，我的孩子。”

他在脑子里建着尖塔，还没有弄清楚自己想要什么，就在观察要打什么样的地基了。

“直到他们像拆开字谜一样把教堂一块石头一块石头地拆开，否则我永远也不会知道真相。”

但是亚当神父一定是认为他精神错乱了，因为他一言不发。因此，乔斯林沿着自己的心灵之路走，又有了一个想法。

“甚至那个时候也不会。”

有一天，他让人去叫安塞尔姆，然后就在幽暗的拱顶之下无尽地等待着，直到他记起了自己现在是什么身份。他又派人去，恳求安塞尔姆的宽容。安塞尔姆因此生硬地走来了。当时是下午，但是屋内已经很暗了，因为屋里只有一个向东面，朝着教堂的窗子。他听到亚当神父走下楼梯，好让他们两人单独在一起，听到安塞尔姆坐下时椅子发出的吱嘎声。然后他朝安塞尔姆看，端详着那高贵的头，那光光的额头上方的一圈银发，可是安塞尔姆却不看这边。他盯着窗子，一言不发。

“安塞尔姆，我最终走到一个凄凉的地方来了。”

安塞尔姆匆匆向侧面一瞥，接着就把目光收了回去，似乎这么看是不妥的。他说什么是可以预料的；但是说得那么干巴巴的，像他的态度一样生硬，却是出乎预料的。

“所有的人此时或彼时——”

不，乔斯林想，这不是我们对真实的人说话的样子。他没看见我。我不是真实的，但是我在学习。

“我回到了过去，非常痛苦地回到了我们在海边的日子，那时候我归你管。”

安塞尔姆看了过来，他身上似乎带着某种冷漠的难堪，话随之传了过来。

“在生活之中——”

“生活！”

他闭上眼睛，思索着。

“我当然知道。我的生活一点也不像我以往想的。不过我的确走过一次海角；我来到了你——见习修士导师的面前，因为我相信圣灵选择了我们。”

他又抬头看着拱顶，在拱顶之外是一片片沙滩，还有那炫目的大海。

“我跑到了你面前。”

安塞尔姆动了动。他的脸上微微有了点笑容；不过这不是幽默的笑容。

“你那时候对我大献殷勤，就像一条狗似的。”

“那么，你能看到什么，安塞尔姆？”

安塞尔姆又看着窗外，他脸上泛红，声音沉闷。

“究竟为什么你总是需要一个最好的朋友，就像一个无知的女孩？”

“我？”

“为什么我成了这——青春期崇拜的对象？”

乔斯林的脑子里一片混乱。

“我？是那样？”

安塞尔姆声音很低，充满怨恨。

“你不明白。你从来就不明白你是多么的不可救药。不可救药。”

乔斯林舔着干燥的嘴唇。

“我是——我曾经是——一个非常重感情的人，太笨拙。”

他等待着这哀伤略减，然后对着拱顶说话。

“你，安塞尔姆，你呢？”

安塞尔姆站了起来，在屋内踱着步。最后他停了下来，站在乔斯林的脸与拱顶之间。他转动僵硬的脖子，直视乔斯林的双眼，然后又退开了。

“太久了，也许从来就没有什么意义——然后，就发生了后面的一切！不，我没法再说了。觉得有趣，受到感动，还被激怒。你是如此的——热衷。”

“热衷，只是热衷，其它什么都没有。你什么都不明白，什么都不懂。”

安塞尔姆喊了起来。

“难道你还不明白？你骑在我们的头上，骑在我的头上，整整三十年！”

“我们有工作要做。我当时是那样想的——现在我全乱了——”

“那个地方对我很合适，虽然这未必是宗师的意图。然后你受命来了，像只大鸟一样飞来了——”

“——来到见习修士导师的身边。”

“我还是我。不过看着你飞黄腾达，有名无实，从教士助手到助祭，到神父；看着你几乎连‘我们在天上的父’都不会念，却成了教长。被诱惑，对，被诱惑——因为胳膊拧不过大腿——我们必须承认我们脱不了俗，因为我们谁都不是圣人——会被诱惑走向某种毁灭。对此我毫不隐讳。我本可以像过去一样做些好事的，可是你诱惑了我，我的确吃了禁果。”

“然后呢？”

“然后？你知道以后的一切。老国王死了，你再也升不上去了。”

“我知道。”

“从那以后，不得不去听你的告解，那种片面的、沾沾自喜的告解——”

即使他很虚弱，乔斯林还是感到了极度的吃惊。

“你是什么神父？”

“你应该知道。可以说，和你一样。最微不足道的。我清楚这一点。伊沃又怎么样，乔斯林？一个娃娃教士。就因为他父亲送了木材建教堂，你明白吗？他和你过去一样是这座教堂的人。或许我也如此。不过他危害较小。他把时间用在打猎上了，你却像瘟神一般压在我们头上。你掌权的时候，有时看到你我这心就缩紧了，呼吸急促起来。我告诉你另一件事。尽管我们在议事的时候，那石头玩艺儿就悬在上边，场内仍然是一片平静、和睦的气氛，因为你不在那儿，就像是香膏撒出来了似的。”

“安塞尔姆！”

“你还记得我在教士大会上反对建尖塔的时候你所说过的话吗？因为我还记得，我永远不会忘记。在那儿，在所有人面前。‘给我坐下，安塞尔姆！’你记得吗？‘坐下，安塞尔姆——’”

“我们不要再纠缠这事了，没有什么可说的，也没有什么可做的了。”

“还有蜡烛的事。”

“我明白。”

“还有最后一点，乔斯林。如果你想要每件事都公开，还有尖塔的事。”

“你走好不好？”

“你必须承认使一个像我这种资历和地位的人去和建筑工人平起平坐，是最令我无法容忍的。”

“咳，饶恕我吧。”

“我当然饶恕你了，我饶恕你了。”

“我求你了。我以前所做的不可饶恕，蜡烛的事，侮辱你的事。我只求你看在我现在这个样子，饶恕我吧。”

“我就是这么说的。”

“你真是这么想的吗，安塞尔姆？对我说你真是这么想的！”

脚步声下了楼梯；然后，长时间的沉静。

过了很久，他才感觉到了一个变化；这次却是人们来到他的眼前，跳动着，奇怪地躲躲闪闪，晃动着。他们中除了亚当神父，其他人都看不清楚；他又喊了起来。

“救救我，神父！”

亚当神父走近了些，开始解疑团。他又扯又解，但是毫无收获。因为一切都交织一体，邪恶的植物在它们中间长出，长在它们上边。最后除了背部的疼痛（还有他们将他翻过身来，将剧痛与羊毛捆在一起的剧痛。）以及从喉间到脐间的、扩散开了的痛苦之外，乔斯林什么也感觉不出了。亚当神父看不出有什么要做的，只是告诉他说他很虚弱，精神错乱，要紧的就是意志。亚当神父也不明白从那些非基督徒那儿得到饶恕是如何地不可或缺；为什么因此就有必要去理解他们，而理解他们又是如何地不可能。

这种时候，乔斯林变得很狡诈，他明白自己必须从亚当神父的眼皮底下逃走。他等待着一个天气好的日子，因为间或会有好天气的。碰到好天气，阳光就会亮闪闪地照在地面上，他就能够确切知道自己身处何方了。好天气来了，他装作筋疲力尽睡着了的样子，耳朵却听见亚当神父窸窸窣窣地走动。当小个子走下楼梯的时候，他偷偷睁开一只眼睛，看着他的背影。他积聚力量要拼一拼，他终于翻起了身，双脚滑下床，等待着晕眩的消失。然后，他沿着墙摸索着，将兜帽戴在头上，披风披在肩上。他爬下楼梯，腿上的关节由于虚弱而哆嗦着。大厅空荡荡的，没有火，没有蜡烛，但是有许多的光和影在窗户上移动。空气中的清新激起了他内心的悲伤。他从壁炉的柴堆上取出一根棍子，拄着站直身子。

他等了一会儿，思考着。我要从后面走，这样他就不会看见我；我也用不着看那把石头锤子。

门外，在长长的、茂密的杂草丛中堆着一堆木料。一股气味向他扑来，他只好靠在木料堆上，也顾不上他的背了，等待着，那扩散了的悲伤从他的眼里涌了出来。接着，他头顶上似乎有了什么动静，因此他突然间异想天开了。他扭动脖子向侧上方看，一大群的天使在阳光下闪烁，他们是粉红色的、金色的、白色的。阳光明媚，空气清新，它们喜悦地吐出芳香。它们带来了少量的绿叶，在绿叶中有一根长长的、黑色的、跳动着的东西。他的头随着天使飘浮着，突然，他意识到苹果树并不止一根树枝。树在墙的外面，直冲云霄，分布开，控制着大地和天空，是一股喷泉，一个奇观，一棵苹果树；这使得他孩子似的哭了起来，说不清是喜还是悲。接着，在教长宅邸的院子与河流交界的地方，流水滑过，树木低垂其上的地方，他看见整个蓝天缩成了一颗有翼的蓝宝石,一闪而过。

他叫了起来。

"回来!"

可是鸟儿飞走了,是一支射出去的箭。它永远不会再回来了,他想,即使我整天坐在这里也不会回来。他又幻想着鸟儿也许会回来,光彩照人地停在一根几码开外的柱子上。不过,他内心很清楚。

"没有翠鸟会回到我身旁了。"

尽管如此,他却自言自语道,我很幸运地看见了它。其他人都没有看见。最后,他站了起来,沿小路往外走到了围地里。他眼睛看着手中沾满泥沙的棍子尖,双脚慢慢地挪动着。我看上去一定是像只老乌鸦,他想,一点一点地向前挪,几乎是弓着身子。我为什么要去找那不存在,甚至是非常一般的东西?我去有许多的原因,它们都乱成一团了。亚当神父说得对,我对于苹果树和翠鸟太过于大惊小怪了。

他来到了国王门,坐在一块好坐的垫脚石上,仔细看着地面。不管有多少脚在上面走过,地面还是那么平平常常,这使一切更为暗淡无光。他只好站稳脚,拖着脚走过地面,来到大街上流着水的沟旁。沟就在他的鼻子底下,一个小孩光着身子在里边玩。

他对着她说话。

"罗杰·梅森在哪儿,我的孩子?"

咳,他想,以前谁会相信我说起话来这么像老人?他还在出神,那孩子就溅起水花从沟里爬上来,跑了。他没有其它的办法过这道沟,只好趟了过去。他看到有人的双脚和腰,便向他问话。

"罗杰·梅森在哪儿,我的孩子?"

有人在他上面吐口水,口水吊在他披风的边上。一个声音粗暴地回答。

“新街。”

双腿走开了。

他将棍子和双腿向右转，让它们走在鹅卵石的地面上。新街非常长，他想；想到这一点，他又觉得似乎无法再往前走了。他吃力地四处找垫脚石，却一块也找不到。因此他一屁股坐在一堵篱笆墙的旁边，用披风遮住自己。他拉过披风遮住脸，这样就算是在帷幔里了。

然而，即使是在帷幔里，他也能感觉到他们在场的压力；过了一会儿，他探出头，看到了孩子们的光脚。

“罗杰·梅森在哪儿，我的孩子们？”

光脚走开了，溅起沟里的水。一块石头在他的脚旁蹦起。我最好走开，他想——去个什么地方。他靠着墙吃力地站了起来，马上记起了罗杰·梅森会在勒托耶尔。他慢慢地向前走着，棍子向左伸，另一只手扶着右边的墙；最后，他终于看见了招牌上面画着星的客栈，看见了门外的垫脚石。他气喘吁吁地坐在石头上，自言自语；我没法再往前走了，这样也不妨。

“罗杰·梅森。”

脚走开又回来了，脚更多了。他对它们说着话，像以往那样。

“罗杰·梅森，罗杰·梅森。”

最后，它们中出现了一个女人的脚，还有一条红裙子的折边。那个女人喊了一声，急急忙忙地说起话来；不过很容易对她的话充耳不闻，就像往常一样。我为她感到遗憾，他想，但不是太遗憾——就一点点遗憾。她与我的痛苦无关，是我的缺陷。

有手架在他的腋下，将他从垫脚石上架了起来，他的双脚和棍子在地上拖着。他看到一扇门过来了，还有楼梯，他的脚一级一级地点在楼梯上，他的棍子啪嗒啪嗒地响着。暗一些的地方还有一扇门，这时打开了。手将他飘飘悠悠地放到一张高背长椅上，然后走了出去，关上了门。他闭上眼，等待着事物回复原状。

第一次回复的是一种声音，是咯咯的声音，咳嗽声、喘息声和吐痰的声音，很有节奏。这使得他睁开了眼睛。就在那儿，在窗子对面小火堆的一侧，放着一张硕大的床。床单皱巴巴的，床头有一只垫枕。罗杰·梅森单肘撑着躺在床上，衣服没脱，只脱了靴子。肿胀的脸不停地发出笑声。接着，他的嘴张得更大了，笑声更像是喊叫。他倒了下去，脸朝下。乔斯林看着他的胸脯在一起一伏。

罗杰·梅森翻了个身，把床单也带了过去。他又吃力地撑起一只胳膊，像一只狗似的对着乔斯林龇牙笑。他的脸上冒着汗。当乔斯林直视着那眼圈发红的双眼时，他看到那张脸在抽搐。罗杰·梅森侧过脸，朝火堆里吐痰，却吐歪了。

“你臭得像死尸。”

乔斯林细想着这句话，看着床的上方，回想着一张张脸。也许是这样，他想，真的，也许如此。他听到自己的声音傻乎乎地、苍老地重复着这话。

“也许如此，罗杰，也许如此。是真的，也许如此。”

罗杰胳膊肘撑着向前靠。他的声音听起来似乎非常满意。

“他们也抓到你了。”

他打了个嗝，一滴红色的液体顺着下巴流了下来。

“它还没有倒下来，罗杰。亚当神父告诉我的。他说，即使我们用金刚石做材料，把它铺在地球的底部，尖塔总还有一天要倒下来的。”

营造商在床上挣扎，他双脚挣脱了床单，跌跌撞撞地走到房间的另一头。乔斯林听见他在诅咒，在砰砰地打着窗玻璃，接下来是哗啦一声，接着又是玻璃的叮当声。营造商对着那毫无反应的天空含糊不清地说着话。

“想什么时候倒就什么时候倒吧，老鸡巴！”

“今天的风很小，罗杰，足以让苹果花飘舞。”

营造商东倒西歪地走了回来。他重重地在床边跪了下来，拼命要抓住床。最后却放弃了，侧面倒下，又笑了起来。

“我喜欢你的臭味，乔斯林。它对我有好处，我原来并不认为有多少是对我有好处的。”

不过乔斯林却出神入梦了，心不在焉地搭腔。

“我看见了一只翠鸟。”

随后就出现了更多的脚，一件红衣服，说呀，说呀，说呀。罗杰·梅森又被扶上了床。声音过来了，对着乔斯林发话，又离开了他，回到了床那儿。

“你难道不明白吗？你这个大傻瓜！他们知道他在这儿！”

接着，衣服和声音出门走了。他看着对面的床，除了一上一下着的胸脯之外，其它看不见什么，除了喘息、停止、喘息之外，什么也听不见。

“罗杰？罗杰？听得见我吗？”

只有喘息声。

“想想看。我原以为我在从事一项伟大的工作；可是我所做的一切只带来了毁灭，滋生了仇恨，罗杰？”

他仔细看着，但是除了胸脯在上上下下之外，他能看到惟一在动的是每喘息一次就轻轻颤动的一只手。他移开目光，去看着余烬。余烬似乎更亮了，因为影子都溜到角落里去了。

“带着神圣的爱，去热爱所有的人。然后——罗杰，你能听见我吗？”

可是罗杰却一动也没动。乔斯林放弃了努力，等待着。手处在一阵阵的喘息之中,火在阴影中亮了起来。他审视着脑海里那无形的、无法表达的一团乱麻。

最后,床上那人影动了。罗杰·梅森无精打采地躺着,头靠在垫枕上,毫无表情地看着乔斯林。

"好吧,就这样子,就我们两个。"

"说老人不受苦受难,这不是真的。他们和年轻人一样受苦受难,而且更没有能力对付。"

"大话。"

"然后,当尽了假圣人,却被一个死去的女子给迷住了。"

"你是疯了。我一向都是这么说的。"

"也许吧。我以前一直忙于对付那庞大的尖东西,——可我对她却一无所知。难道我、我梦中的她就是这样对我说话的;更确切些说不是讲话,而且对我哼着对吗?可是你看,我连这一点也不确定。艾莉森说她让我着魔了。事情就是这样的,不是吗,罗杰?还能有其它什么样子?不过,你看,——这毕竟有可能是一枚真正的钉子,就是没办法弄清。"

营造商吼了起来。

"你他妈的乔斯林!它会倒下来的,我还得等它倒下来!你夺走了我的饭碗,你夺走了我的人,你夺走了一切。愿你在地狱里永远受诅咒!"

他打嗝般地抽泣了一声。

"你,还有你的网,你把我赶得太高了。"

"我也是被驱赶的。我不是身陷这张网,就是身陷那张网。"

他听见罗杰在朝着垫枕呼哧呼哧喘气。

"太高了,太高了。"

突然,乔斯林的脑子清醒过来。他完全看清了面临着一具肥大无形而又无法交流的身躯，他能做些什么。

“瞧，这就是我来要做的一件事。”

他摸着披风上的嵌宝金扣，直到披风从身上掉了下来。他将便帽推到后边，将胸前的十字架放到长椅上。

“我为这光顶而感到抱歉。死狗嘴里还能吐清水呢。不，真的不是。是邪说吗？我可是懂得很多很多的。”

他站起身，拖着脚走过房间，跪了下来。可是背部却无法支撑身体的重量，他因此手撑着趴了下来。好吧，他想，就只好这样了。

“有一次你说我就是魔鬼本身，这不是真的。我是个傻瓜。我还想——我是一座带着宽大地窖的房屋，老鼠就在里边生活；我的手上有某种晦气。我碰到谁就会伤害到谁，特别是我所爱的人。现在，我带着痛苦和羞耻来请你宽恕。”

一阵长时间的沉默。火堆发出噼啪的声音，铰链窗户吱嘎响着，外面的树叶轻轻吹动。他审视着双手间的木地板。我在这儿，他想，我再也无能为力了。

“砰”的一声，一只膝盖撞在他右手边的地板上。他的双肩被抓住了，他被直直地扳了起来。罗杰的双臂紧抱着他，在他背部的烈焰里。营造商一边诅咒一边抽泣，他觉得头和身躯都被摇散架了。他哭得不好，所以每一次的抽泣都是一阵痉挛，振动着他们两人；接着，话就在两次抽泣中滚了出来。这使得乔斯林发觉他也在紧紧抓着“救命稻草”。罗杰的脑袋压进他的肩膀里了，他却发现自己尽在口齿不清地说着傻话，说有关一棵苹果树的话，说着傻乎乎的、托儿所的事，拍打着对方宽厚的、颤抖不停的背。他是这样的一个好人，他想，这样好——不管那是什么！在上了油漆的、晃悠悠的招牌之下，新生命正在来临。

过了一会儿，罗杰喘着气松开了手。他一只手还搁在乔斯林的肩上,另一只手却抹脏了自己的脸。

“我像个婴儿似的又哭又闹,这是喝了酒的缘故。我喝醉了很爱哭。”

乔斯林发现自己被这只沉重的手压得歪向一边。

“你能不能扶我起来,罗杰?”

营造商放声大笑。他半拖半拉把乔斯林拖回到长椅上,然后走到床边,猛地倒在床沿上。乔斯林一直在解释个不停。

“我的背现在已经很不行了,你一折它就断了。有时候我觉得是石头锤压的结果,可就是这么回事。”

“就是这么回事。顶住。喝酒。”

“我不喝,不,谢谢。”

一根柴枝烧着了,冒出黄色的火焰,使屋内充满了跳动着的影子。营造商伸手拿过酒壶,猛喝了一口。

“我们尽力量了。”

“顶上太可怕了,疯了。”

“别再说了。”

“重;停。轻;停。”

营造商吼了起来。

“行了! 行了!”

乔斯林又一次在脑海里审视着那无形的东西。

“当然还有更多。它总有一天要倒下来的;但是,尽管石柱在弯曲,尖塔倾斜,碎石遍地——我还是不明白。我还是有一点——我该把它叫作什么,也许是怀疑吧?要知道,这也许就是我们注定要做的,我们两个人。他说我像个女孩子,我总是需要有一个最好的朋友;可是那样一点也没错,不是吗?所以我献出了自己的身体。是什么把它支撑住的,罗杰?是我吗?是神钉吗?是她?还是你?

还是可怜的潘格尔？他趴在十字中心下面，肋骨间粘着一片植物叶子？”

罗杰·梅森定住了，只有身影在火焰中颤动，好像他就是墙的一部分似的。不过，屋里还有其它东西在动，乔斯林感觉到了它们在周围鼓着黑翅膀拍打着。激动中话蹦了出来，可是他几乎没有察觉自己在说话。

“就是说你还能够做些事情，罗杰我的孩子。还能做些事情。”

罗杰·梅森的脸因为充血又变成了紫色，他声音嘶哑。

“这就是你来的目的，对不对，乔斯林？以眼还眼，以牙还牙。我要是不呢——就由你说。”

“不！不！我从来没想过要——”

“我理解你，神父，我觉得自己一点一点地明白了。”

在黑色的翅膀中，恐惧落到了乔斯林头上。

“我的意思不是——”

“我说过我了解你。”

“是某种力量让我说这话的，某种我无法控制的力量。”

罗杰·梅森已经倒在床上了。

“下一次大风到来的时候，我会记住的。以眼还眼。”

“你可以离开，你还很年轻。”

“谁还会雇我？谁还会和我一起干？你什么都想要，是不是，神父？”

“主就在我们周围。我知道的——不过我还知道这其它的事情。也就是说，我什么都不知道。什么是人的心灵，罗杰？是不是一整座房子，包括地窖和其它的一切？”

接着，那个女人出现在屋里，变黑了，胆怯地说着话。她走了以后，他听到其它的说话声和笑声。

“外边是什么?”

“是人。”

“你知道的——如果她的确知道了这件事,那我还能说什么呢?罗杰,麻烦的是:地窖了解他——我的意思是知道他患阳痿——却包办了这场婚姻。我想,那是她的头发。那时候我常常看见,红色的,在一张瘦削苍白的脸周围飘着。那以后,当然就没有了。可是后来当她站在柱子旁朝你看的时候,它烙进了我的眼里。她迷住了我。她一定干了,是吗?这就是我为什么要知道她是怎样的一种人;因为如果她知道,知道她丈夫的情况,甚至可能默认,就不会有那么强烈的恐惧。理所当然,像这样一个尤物总是会牵我魂魄的!”

“你在说些什么?”

“当然是说她。我去找过她。她总是跑着过来,然后站住。我从自己的膝盖上揭下一块皮,包扎她割伤的膝盖——就这样,有什么关系?后来,当我知道她是如何地深深陷入了我的网中的时候,我想着要去见她,去作解释——”

“你?”

“她有没有说到过我?不过不要紧。我也牺牲了她,是有意的。你知道,罗杰,祈祷应验了。这太可怕了。因此她死了之后,她困扰着我,使我着魔。长发让祈祷黯然失色。一个死去的女人。这是个大笑话,是不是?”

“笑话!”

“应该有某一种生活方式,根据这种方式,所有的爱都是好的,一种爱不与另一种爱相争,只为它增色。一个人的心灵是怎样一种东西,罗杰?”

“你得到了你来要的,走,现在就走。”

“只是我必须知道——”

“现在这对我们又有什么关系?”

“我的脑子太乱了。你瞧,在她令我着魔之前,我爱她就像爱女儿一样。你知道的,她死的时候——”

“随它去吧。你走。”

“我需要三只舌头,同时说三件事。我当时就在那儿。你记得吗?我只是想去帮忙。就是在当时,我可能也明白一些事情。她躺在地板上。当她抬头看的时候,她看见我站在门口,穿着正规,是教长,是神父,是指控人。我只是想去帮忙,却害死了她。我肯定是害死了她,就像亲手割开了她的喉咙一样。”

他听到营造商的脚步声到了他的脚边,感觉到脸旁热烘烘的带着酒味的气息。

“滚出去。”

“你难道看不出来?这就是我必须知道这些事情的原因——我害死了她!”

营造商突然吼了起来。

“滚出去!滚出去!”

他双手将乔斯林猛地拽到一边。门“嘭”的一声开了,这双手又把他猛地推了出去。他看见楼梯向他冲来,太快了;接着,他紧紧地抱住了一根栏杆,双膝跪在楼梯上。

“你这发臭的死尸!”

酒壶从他的头上飞过,撞在墙上碎了。他连滚带爬地来到油污的鹅卵石路面上,听到营造商在身后喊着。

“但愿他们剥了你的皮!”

喊声被一片声音吞没了,他们喊着,笑着。又像猎狗似的狂吠。他靠墙站了起来,但是那闹声却在他周围涡动着,把手、脚和一张张模糊的脸卷到了他面前。他瞥见一条昏暗的小巷,费劲地挤了过去，撕裂了背部的衣服。他听到教士服撕开了；他无法躺下，因为有许多手扶住了他。闹声变成了驴叫狗吠。它们变出了自己的嘴巴，长着獠牙，涎水直流。他叫了起来。

“我的孩子们！我的孩子们！”

嚎叫声不断，一片忙乱；一片诅咒声，充满仇恨。手变成了拳和脚。他觉得似乎是听到了伊沃和他的朋友们在驱赶着猎犬，声音压倒一切。

“噜！噜！噜！”

他脸朝下倒了下来，看着排水沟的脏水映出的一双双腿和一扇门透出的光。

然后，寂静扩散开去。腿一点一点地从他身旁移开。寂静中他听到了一个声音，一个女人的声音。

“圣母马利亚。看看他那背！”

脚移动得更快了，移到了他的视野之外。他还听见它们走着，跑着，狂奔着，在鹅卵石路上磕磕绊绊。透出光亮的门“砰”的一声关上了。

他在那儿躺了一会儿，颤抖着。最后，他动了起来，朝着墙爬了过去。我暴露无遗，他想，这早就在预料之中。他立起身，一点一点地挪向大街上标灯的昏暗的光。有时他从墙边倒下来，跌跌撞撞地踏进沟里又走了上来，虽然有一次他整个人都掉了进去。就在这里，我展示了真正的我，他想着，又爬了出来。在小巷和大街的交叉口他倒下了，一动不动。他几乎感觉不出披在他背上的布，还有雷切尔的裙边和亚当神父穿着浅帮鞋的双脚。有手轻轻地扶着他。一个声音模糊不清地说着话，就像冬季的排水沟里发出的声音。接着，他陷入了阵阵黑暗之中。

第十二章

他又一次面对着拱顶的石肋。石肋一点也没变,而他自己却进入了某种新的生活。这是一种悬置在肉体之上的感觉,又一阵一阵地被一股势不可挡的眩晕所淹没。这种眩晕带来了一种盲目的恐惧。眩晕过后是一道沟壑。这时他又会感到自己是头脑清醒地悬着,模模糊糊地回想着发生过的事。在躯体之上,他无言地对自己说着话。

我这是在哪儿?

他总能够得到回答,无言的回答。

乌有之乡。

他喝一种苦味的东西,也许是罂粟汁。他有时候想:这或许就是让他能够在平躺着的躯体之上这样漂游的东西吧。还有几张脸孔挤了过来,一张脸拿了东西给他喝,另一张是亚当神父的脸,现在完全看清楚了。他弄不清楚沟壑有多宽,也弄不清楚悬置和漂游的时间有多长。他只是在一瞥又一瞥之间,毫不吃惊地注意到阳光或是阴影是如何在拱顶石肋上划过一段段时间的。有时候,他会更直接地意识到那东西,在他下方的那个装置。它首先与石肋的绷直和倒塌有关,这项工作它不停地、然而又是虚弱无力地干着,中间部位的心脏就像关在窗内的小鸟一样乱扑腾。只有当教士们手按着他,进行一些必要的宗教仪式的时候,他才被拉回身躯里。有一次,他很清楚地听到了一段对话,却只能理解最后几句。

"这是消耗性疾病,是脊柱结核——"

接着停顿了一会儿:"不。什么都不是。是他的心脏,你知道的。”

但在大多数奇怪的、波动起伏的时间里，他悬在身躯之上，或者置身于沟壑之中。他的想法有些持续不衰，有些却旋踵即逝。他看见许多意象，现在他却无动于衷。他几乎什么也不说，因为话语是很复杂的，甚至在你只有一张嘴可用的时候也是如此。他的使用权还受着一种愿望的限制，要避开下面那具身躯的圈套——也受着常常陷他于其中的那沟壑的限制。然而，在雾气中，在就事论事地审视拱顶的时候，他每隔几个世纪就要作出长期的努力。他降下来，进到石头嘴里，击碎石头，喷出一股成形的气。

“倒了吗？”

亚当神父清晰的面孔就会走近来，俯下来，微笑着。

“还没有。”

他就要端详那双蓝眼睛，还有那由于微笑而微微伸向脸颊皱纹的嘴。然后，当那张脸滑向旁边继而消失之后，他就会发现自己端详着随后取代那张脸进入视野的任何东西——一条石肋，一只苍蝇倒着附在下方，正忙着一些不起眼的小事。

有一次他想起了自己的墓，想办法让哑巴来了一趟。费了很长的时间，不断地停顿，他终于让他明白了自己想要什么。他要不加修饰，死的时候脱光衣服剔光肉，一具平躺着的骨架，包着一层皮，头往后靠，张着嘴。他扯着床单，手终于明白了。他们把他脱光了，让年轻人画。年轻人画着，脸上的表情既是着迷，又是厌恶；乔斯林却又昏了过去。过了像是一至两个世纪，年轻人走了，只有一只苍蝇在拱顶上弄干净它的腿。

还有一次是点了蜡烛，有低低的说话声，还有人给他抹油。他超然于圣油礼之上，除了那沉重的躯壳以外，圣油礼与其它一切都不相干。沟壑又出现了。然而，当他又一次醒过来、飘飘悠悠的时候，情形却不同了。他听得见风声和雨声，还有窗户的哐当声。然后他想起了那个地窖和里边的老鼠，惊恐一下就将他甩回到了气喘吁吁的躯壳里。

“梅森。罗杰·梅森。”

一张张脸凑了过来，竖起眉毛询问，说出长长的、无法听懂的句子。

“罗杰·梅森！”

喘息马上就和说出的话、脑海里的念头搅成了一团。他的胸膛衰弱得像要停止工作，所以他带着恐惧逼着它干。他感觉到手把他扶了起来，让他坐着。

接着他又仰面躺了下来，抬眼看着一根石肋，石肋上闪亮的阳光正一线一线地移动着。

我当时是在哪儿？

一张脸挡在了他和阳光之间，俯了下来，满脸惊恐，眼圈发红，黑发像蛇一样垂了下来，拂着他的脸，嘴迅速地张开又闭上。攻击起来很狂暴，却使得他无动于衷，因为他无法连续集中注意力。

“在外屋，在洋葱和一袋麦子之间——”

她怎样才能消除过剩的精力？她是一张吞噬人的嘴，一个好女人。

“——他在爬着。绳索还套在他的脖子上，另一端拴在一根破椽子上。他总是说干他这一行最难的就是预计断裂应力，虽然上帝知道——”

上帝，乔斯林想着，他的心灵把一切都看得微不足道，上帝？要是我能够回过来，我会把上帝看成是躺在人们之中的，可以在那儿找到的。不过现在巫术把他给障住了。

“坐在火堆旁，他的头歪向一边，又盲又哑——我得为他做一切,一切!你明白吗?就像对待一个婴儿!”

他冷漠地看到亚当神父伸手把她拉到旁边,听到她在屋里大声抽泣,然后沿着楼梯向下,声音越来越小。他恍惚间看到罗杰·梅森的脸,却无法交流;看到草地上的孩子们;看到潘格尔守夜时蜷着的身躯。他看到粗笨的一层层塔,破碎难看的八角木架。他感到非常沉重。

结束了,他想,都结束了。我甚至无法去同情他们,也无法同情我自己。

有人在屋里低声说着话,还有金属的叮当声。亚当神父的脸又凑近了。他看着那嘴唇,嘴唇发出了声音,他太疲倦了,也就顾不上了。

蓝眼睛眨了一下,眼睛周围的皮肤出现皱纹。嘴唇张开了又闭上。这一次,他那被罂粟麻醉的耳朵听到了,在声音逸入拱顶之前听到了。

“乔斯林。”

然后,他心知他这台钟辉煌的轮转已经完成;死去就像吃喝拉撒一样容易,一件接着一件做就行。

只有此刻的认识才是一种解救,他的思绪像一匹脱缰的马,甩掉了车奔跑起来。他试着往上看,想看看这么晚了巫术是否不再附身了;一团乱发在群星中闪着光;他那像一根巨棒似的尖塔朝它伸去。就这些了,他想。如果我以前有时间,早就作了这种解释。他对着亚当神父说了个字。

“贝丽奈西。”

微笑变成了困惑和忧虑,接着又开朗了。

“是圣徒?”

他很虚弱,在抵抗着,那挣扎着的身躯使胸脯收缩,要笑出来;

突如其来的恐惧又使他忍住了笑，就像一个魔术师那样，使自己在生命中保持平衡；他突然喜欢上了亚当神父，想要给他一件东西；因此，在他平衡之后，又对他说了一个字。

"圣徒。"

死比活着更自然。还有什么能比那腾起又落下、像是肋骨下最后一束火焰的惊恐万状的东西更不自然吗？

"乔斯林。"

那是我的名字，他想，他略有兴趣地看着亚当神父；亚当神父也要死了；明天或者是某一类似时刻，一个声音就会用对小孩说话那样的语调叫"亚当"。无论他一步接一步爬得多高，不是明天，就是后天，他们都会用银锤在那羊皮纸一般光滑的额头上敲三下。接着，他又走神了。他看到亚当神父不得了了，从头到脚都披上了羊皮，绷紧的，塞进去的羊皮，顶上是奇形怪状的毛发，一副疯狂的骨架支撑着。突然，就像横在他与那张脸之间的一场梦中，他看见所有的人都裸着身子，是有着浅棕色羊皮的动物，羊皮在他们呼吸和走动的时候绷得太紧。他看见他们穿着一片片织成的东西，或是踱步，或是大踏步走着，脚下是动物皮。他挣扎着、喘息着，要将这根本没有说出来的幻象说出来。

他们对地狱的期盼是多么自豪！在那儿不会再有幼稚之举。主知道自己会在哪里。

手使劲将他按了下去，接着又是一道沟壑。然而他又惊恐地回来了，要看完这全过程。

"听着乔斯林，我们现在帮助你上天堂。"

天堂，惊恐之中乔斯林的脑子转个不停。你们这些绑我的人，你们这些明天才会死去的人，你们知道天堂什么？天堂、地狱和炼狱又小又明亮，就像人口袋里的珠宝，只有在宴会时才会取出来戴上。这是又一个灰色的死亡之日。除非我一只手牵着他,另一只手牵着她,否则天堂对我又有什么意思?

同意吗?

我用一把石头锤换了四个人。

突然,他发现自己得咬住空气,咬住不放。手将他扶了起来,因此他不用费力,肺部就暂时有了空气。惊恐从他的胸膛里出来了,却在他的周围扑打着。

惊恐中两只眼睛在盯着他。只有它们是不变的。在它们面前,他就像一座行将倒塌的房屋。它们看了进来,眼对着眼,一只眼对着一只眼。他咬住更多的空气,用自己的双眼紧盯住那两只眼睛,它们是生存中惟一稳固的东西。

两只眼睛滑到了一起。

那是窗户,开着,很明亮。有什么把它分成了两半,在分隔处周围是蓝色的天空。分隔物无声地静立着,向上直冲天尽头某一个点,带着无声的呼喊。它像个姑娘一样苗条,是半透明的。它从某种玫瑰色物质的种子长到现在的样子,这种物质像瀑布一样闪着光,一帘向上倾泻的瀑布。这种物质是一种直冲无限的实体,迸发出一阵阵欢跃,任何力量都无法遏止。

惊恐扑打着冲了进来,把窗子撞得一片一片,在眼前跳动着;可是惊恐和视觉丧失都无法减轻它的恐怖和惊讶。

"现在——我什么也不知道了。"

可是一双双手却在放下一阵阵的恐惧和吃惊,放着,放着。一次次迸发的思想划破了黑暗。我们的石头在呼喊。

"我坚信,乔斯林,我坚信!"

恐惧与喜悦交织是什么,应该怎样将它们混合,为什么它们是同样的,闪着光,飞过充满惊恐的黑暗,就像蓝鸟从水面上飞过似的。

“一个同意的手势——”

在浪潮中，像蓝鸟一样飞翔着，挣扎着，呼喊着，尖叫着留下那魔法似的、无法理解的语言——

它就像一棵苹果树！

亚当神父俯下身，却什么也听不见了。不过，他看到了嘴唇的颤动，似乎是在喊：“主啊！主啊！主啊！”因此，他以宽容之心，将圣饼放进了死人的口里。

译后记

《教堂尖塔》是英国作家威廉·戈尔丁的第五部小说，在《蝇王》发表十年后出版。关于小说创作，戈尔丁有着他自己独特的见解。他曾经宣称："除非你做的事是连自己都怀疑做不到或是你确信别人从未尝试过的事，否则写小说便毫无意义。我认为写两本相似的书是毫不足取的。"① 然而，对于戈尔丁的这段话，我们不应该片面去理解。就《教堂尖塔》中的讽刺手法，象征与意象的运用而言，这部小说与《蝇王》有着不少的相通之处。同时，戈尔丁在创作《教堂尖塔》时也的确进行了创新的尝试。与《蝇王》不同的是，《教堂尖塔》寄寓了人类寻求理想境界的希望，也揭示了一种复杂交织的生存状态，崇高的企求与丑恶的现实、向善的奋争与罪恶的欲望相互交织，剪不断，理还乱。从而极大地拓展了这部小说的容量。

也许是索尔斯伯里大教堂高耸的尖塔激起了戈尔丁对于理想追求的丰富联想（戈尔丁曾任教于索尔斯伯里中学并曾提到索尔斯伯里就是《教堂尖塔》的原型），也许是教堂对于精神层面的特殊含义，戈尔丁将他第五部小说的背景放在了教堂。他通过荒诞与现实交错的画面，象征与隐喻的创作手法，揭示了人生与社会现实的多重矛盾。

小说的情节并不复杂。一天，圣母马利亚大教堂的教长乔斯林似乎感到了主在召唤，要他为了主的荣光去建造一座四百英尺高的尖塔。他不顾教士们的反对，对于营造商罗杰·梅森的忠告充耳不闻，在没有地基的情况下硬逼着罗杰·梅森和工人们往上造尖塔。随着工程的进展，教堂的负重不断增加，四根支柱不堪重负，发出可怕的呻吟(因其双关意义,译为“歌唱”)。出于无奈,在完成了尖塔下层的塔之后,工人们只好造了一座小丑帽一般的尖塔。尖塔内层是八角木架,外层是薄石块,石块用钢缆绷紧。即使如此,固定尖塔外层石块的钢缆还是断裂了。石块碎裂,像飞弹似的落下,内层的八角木架也倾斜了,无力地靠在护墙上。由于失败和四面受敌,也由于病痛的折磨,乔斯林在病榻上凄凉地走完了自己生命的历程。

乔斯林对于理想的追求,对于现实的无知,小说中滑稽而又充满悲剧性的氛围,使《教堂尖塔》充满了强烈的讽刺色彩。从这一意义上看,乔斯林与塞万提斯笔下的堂吉诃德不无相通之处,区别仅在于乔斯林的“执迷不悟”。无论在旁人的心目中他是多么的幼稚可笑,无论反对的力量是多么的强大,乔斯林都在努力追求着自己的目标。无论理想与现实之间的距离是多么的遥远,他那纯真的信念都在强有力地激励着他,克服一切困难,让尖塔高耸在教堂顶上。

然而,乔斯林对于建筑一无所知,却是不可否认的事实。他天真地认为:只要“虔诚”,只要有着“意志”,其它一切问题都不在话下。在这里,戈尔丁有意打乱了现实与想象的界限,取得了戏剧性讽刺(Dramatic Irony)的效果,折射出乔斯林在理想与社会现实的冲突中所处的困境。当乔斯林充满激情地向周围的人们宣扬主的意志,盛赞即将拔地而起的、雄伟的尖塔时,他在教士及建筑工人的心目中却显得愚钝透顶。营造商罗杰·梅森费尽唇舌地向乔斯林解释建筑学上的原理,最终却发现自己是在对牛弹琴。乔斯林既听不懂,也不愿听,死抱着他那不切实际的观念,令罗杰·梅森既惶惑,

---

① 张鄂民:《半个世纪的呼唤——论威廉·戈尔丁小说作品的主题》,载《当代外国文学》1999 年第 3 期。

又恼怒。没有地基就无法建筑,这是再明白不过的道理。乔斯林却总是满不在乎地宣称“主会赐予的”。随着教堂负重的增加,四根石柱被压得发出了可怕的呻吟,望弥撒的人们也因此而纷纷逃离。然而,在乔斯林的心目中,这可怕的呻吟却是赞美主的“歌唱”①。尖塔撕裂,碎石横飞,八角木架倾斜,他却寄希望于主教送来的“神钉”,然而他所翘首以待的“神钉”却无法使尖塔复原。

《教堂尖塔》强烈的讽刺色彩还表现在另一个方面。造尖塔是为了主的荣光,而乔斯林请来造尖塔的人却是一群异教徒,他们把教堂搅得乌烟瘴气。在这里,戈尔丁似乎是在影射一种信仰的危机。求助于异教徒,本身就是一种命运的嘲弄。乔斯林自以为是心地纯洁的,却又抑制不住对古迪的欲望。在古迪临盆之际,他想去帮助,却使得古迪惊恐万状,以为乔斯林是来谴责她与罗杰的私通行为的,因此在伤痛和巨大的心理压力之下一命归天。乔斯林一向鄙视以美色换取国王青睐的姨妈艾莉森夫人,却又不断从她那儿获取资助建造尖塔。更具讽刺意味的是:他的教长职位也是因为艾莉森夫人取悦了国王之后才得到的。事实上,尽管乔斯林虔诚地寻求着理想和爱,却无法摆脱内心深处的肮脏,也无法摆脱现实生活中的污浊。在这一问题上,戈尔丁表现出了他独特的洞察力。

在貌似荒诞的表面之下,戈尔丁对当代西方的社会现实、对西方人所面临的精神危机进行了深刻的反思,他力图在自己的艺术创作中寻找出路。从象征层面看,乔斯林造怪尖塔之举,实际上寄托了戈尔丁对于理想的追求。这可以从乔斯林这一人物性格的塑造,从戈尔丁所运用的《圣经》典故、象征与意象来推断。首先,乔斯林造尖塔并不带有任何功利的色彩,而是为了主的荣光。尽管在实际

① 引自译者友人、原威尔士大学文学讲师 Charles Tyzack 先生的电子邮件。

问题上他显得是那么的无知,他的行为动机却是高尚、纯洁的,这实际上象征了一种理想的追求。其次是他所面临的一种两难处境。要造尖塔,就意味着全身心的投入。履行这一职责,同时也意味着通常意义上的渎职。为了造尖塔,他将教堂的日常事务弃置不顾,教堂的弥撒仪式也因此而被迫中断。这一切导致了他本人灾难性的结局。然而他却选择了这样一种结局,从而也反映出乔斯林追求理想的坚定信念与坚强决心。

贯穿于整部小说的三个意象也是理解《教堂尖塔》思想内容的重要线索。第一个意象是六翼天使撒拉弗。《圣经》中的撒拉弗是守卫上帝宝座的天使。他将红炭用火剪从圣坛上取下,以炭沾口,消除罪孽。在乔斯林造尖塔的过程中,天使时常来到。在风中、在雨中、在祈祷室里,温暖着乔斯林的背部。虽然小说中的撒拉弗并没有使用红炭火,但是,戈尔丁运用撒拉弗这一形象,似乎仍然在暗示:造尖塔的过程也同时是消除罪孽、净化灵魂的过程。造尖塔的启示产生于祈祷,而乔斯林当时祈祷的目的是要消除自身的骄傲。随着工程的进展,乔斯林自身的丑恶也不断得以暴露,从而获得灵魂的救赎。面临着西方世界的精神危机,戈尔丁试图要做到的,是在《圣经》中、在精神奋斗中寻找出路,呼唤着灵魂的净化。第二个意象是网。当教堂的石柱在重压之下发出可怕的呻吟时,罗杰恳求乔斯林允许他们停工。乔斯林却说他们已经陷入了一张网中,欲罢不能了。这是上帝之网,尖塔是“最高的祈祷示意图”,乔斯林和罗杰都是上帝所选中,去完成这一光荣使命的。虽然这有悖于常理,但是“主并没有要求人类去理性地处事”。“在某一深层,却有指令要你去做毫无意义的事……如果人类虔诚,新事物就会出现。”这事实上也反映了乔斯林为寻求理想的坚定信念和坚忍精神,虔诚与坚忍最终必将带来自由。第三个意象是苹果树。在乔斯林弥留之际,尖塔在他的心目中成了苹果树，而且，戈尔丁用了“the”这个定冠词，显然是特指某一棵树。关于这一点，Boyd 指出：偷食禁果给世界带来了死亡，给我们带来了灾难。然而，也带来了使人类获得救赎的基督，从而为人类增添了荣耀。乔斯林尝到了他自身及周围人的邪恶之苦，但却使“人类希望的闪光显现”①。这是乔斯林所孜孜以求的，也是戈尔丁所苦苦寻求的。也许，这就是戈尔丁在论及小说主题时所指的“失败与牺牲”，并由此而进入“美的奥秘，光芒，火焰与迸发”②的境界之中吧。

戈尔丁的作品相当难懂，《教堂尖塔》也不例外。翻译这部小说虽然经过反复推敲，错误依然在所难免，欢迎读者批评指正。

在小说翻译的过程中，英国友人，原威尔士大学文学讲师 Charles Tyzack 先生给予了热心的支持和帮助，谨此致谢。

①② S. J. Boyd, *The Novels of William Golding*, Harvester Press, 1988, p. 86, p. 102.

图书在版编目(CIP)数据

教堂尖塔/(英)威廉·戈尔丁(William Golding)著;周欣译. —上海:上海译文出版社,2021.9(2022.9重印)
(戈尔丁文集)
书名原文:The Spire
ISBN 978-7-5327-8812-5

Ⅰ.①教… Ⅱ.①威… ②周… Ⅲ.①长篇小说-英国-现代 Ⅳ.①I561.45

中国版本图书馆CIP数据核字(2021)第153552号

教堂尖塔
〔英〕威廉·戈尔丁 著 周 欣 译
责任编辑/管舒宁 装帧设计/张志全工作室

上海译文出版社有限公司出版、发行
网址:www.yiwen.com.cn
201101 上海市闵行区号景路159弄B座
上海雅昌艺术印刷有限公司印刷

开本 850×1168 1/32 印张 6.25 插页 6 字数 115,000
2021年9月第1版 2022年9月第2次印刷
印数:4,001—7,000册

ISBN 978-7-5327-8812-5/I·5444
定价:68.00元